Jacques Ferran

OURIKA-REVOLUTION

OURIKA-REVOLUTION

Première partie

Ourika[1] n'était qu'une boule de chair, noire et vagissante, lorsqu'elle fut sauvée et ramenée du Sénégal par le chevalier de Luxeuil, qui en était gouverneur. Il eut pitié d'elle, un jour qu'il assistait à un embarquement d'esclaves sur un bâtiment négrier qui s'apprêtait à lever l'ancre. La mère de la petite fille était morte. On emportait l'enfant malgré ses cris. On imagine la scène, atroce et violemment colorée : la brutalité des gardes-chiourme ; la résignation

---

1 Le personnage et le début de son histoire sont empruntés à une nouvelle de Claire de Duras (1825). Voir *infra* p.241, *Postface*.

7

épouvantée des Noirs arrachés à leur pays ; et l'intervention du chevalier qui, quoique blasé, est touché par la détresse de l'enfant et par ce qu'elle lui suggère de malheurs à venir. Ourika bébé se débat comme si elle sentait qu'elle jouait son destin. Quelques pièces d'or suffiront à désintéresser le négrier.

De retour en France, quelque temps après, le chevalier confie l'enfant à une nourrice. Il n'a pas l'intention de s'en soucier davantage. Mais lorsqu'elle est près d'atteindre ses deux ans et qu'on lui rappelle l'existence de la petite fille, il est frappé par son air d'intelligence et sa vivacité. Et il prend, en sa faveur, la décision qui, pour la seconde fois, va modifier le cours de son existence.

Le chevalier de Luxeuil a une tante, la marquise de Mirmont, qui est veuve et qui vit, retirée, dans son château du Morvan, à soixante lieues de Paris. Elle est férue d'éducation et de philosophie. Le chevalier n'hésite pas à lui confier l'enfant, au moment où il doit lui-même quitter la France, pour vraisemblablement n'y plus revenir.

« Je vous remets, ma tante, un être que j'aurai ainsi sauvé deux fois et qui ne m'en saura naturellement aucun gré. Mais qu'importe : il me semble qu'ayant agi de la sorte, le poids de mes péchés sera un peu moins lourd. »

En lui abandonnant la petite fille, qu'il a appelée Ourika, le chevalier a attiré l'attention de sa tante sur un bracelet en poil d'éléphant, flexible et brillant, qu'elle portait, entourant son petit bras, lorsqu'il l'a arrachée à ses bourreaux. S'agissait-il d'un porte-bonheur ? Ou d'une marque de naissance indiquant son origine sociale ? C'est en tout cas le seul et significatif objet qui rattachera jamais Ourika à ses racines.

*

La marquise de Mirmont était dans sa quarante-cinquième année quand Ourika lui fut confiée. Elle avait mené une vie agitée, douloureuse, écrasée par une mère bornée, qui s'était efforcée d'étouffer ses aspirations intellectuelles et sentimentales, et trompée par un mari cynique et libertin. Quand elle avait eu assez de courage pour en prendre son parti, elle avait choisi pour amants des hommes célèbres, spirituels et cultivés, qui avaient su finir d'aiguiser son intelligence.

Assagie, mais curieuse de toute chose, revenue des mondanités et des plaisirs, elle lisait, écrivait, échangeait avec ses relations des idées novatrices, mais elle avait surtout le désir de transmettre sa sagesse et d'appliquer ses principes d'éducation.

Elle adopta Ourika en 1775, dans une France éclairée par les lumières des philosophes et où, peu à peu, des masses paysannes à l'élite intellectuelle, de la bourgeoisie naissante au monde des finances, tout conspirait au changement.

La marquise, avant Ourika, s'était chargée d'élever deux garçons, les fils de son fils, veuf lui aussi, et qui avait dû s'exiler pour dettes de jeu. Claude, le cadet, avait deux ans de plus qu'Ourika. Louis-Joseph était de deux ans l'aîné de son frère.

Si la marquise avait adopté sa nouvelle protégée avec enthousiasme, c'est non seulement parce qu'elle était bonne, mais parce qu'elle avait toujours nourri un penchant particulier pour l'éducation des filles.

Ses deux petits-fils, elle ne l'ignorait pas, allaient lui échapper presque totalement. Dès qu'ils atteindraient l'âge d'apprendre, elle serait dans l'obligation de les envoyer dans un collège. Car personne n'admettrait, dans son entourage, qu'elle se permette d'assumer, seule, leur éducation.

Cette petite Ourika, au contraire, au lieu de l'expédier dans un couvent – ce qui était d'ordinaire le lot des filles – , elle allait s'en occuper elle-même, de fond en comble !

Voici comment elle s'en expliquait dans une lettre adressée à sa meilleure amie, la comtesse de Breteuil :

« Pour me dédommager de mes désastres, je vais me faire maîtresse d'école ou, pour parler plus correctement, sevreuse. Il m'est arrivé, du fond de l'Afrique, une mienne petite fille de deux ans, qui est une originale petite créature. Elle est noire comme une taupe, elle est d'une gravité espagnole, d'une sauvagerie huronne : avec cela les plus beaux yeux du monde, et certaines grâces naturelles, un mélange de bonté, de sévérité dans toute sa personne très marqué et bien singulier pour son âge. Je parie qu'elle aura du caractère, oui, je le parie. Et pour qu'elle le conserve, il

10

me prend envie de m'emparer de cette petite créature. Je me connais, cela mérite réflexion ; ou plutôt il n'en faut pas faire et donner tête baissée dans ce nouveau piège que me tend mon étoile ; la sienne n'en sera pas plus mauvaise. Eh bien ! voilà un motif déterminant : demain, je l'enlève à son tuteur, je m'en empare et nous verrons une fois ce que devient un enfant qui n'est ni contraint, ni gêné. Ce sera le premier exemple chez nous. Et puis elle s'appelle Ourika. Le charmant nom, et le moyen d'y résister. »

C'est dans cette exacte perspective qu'allait se dérouler l'existence d'Ourika, jusqu'à ce qu'elle atteigne sa quinzième année.

*

Des années d'enfance d'Ourika, il serait pourtant abusif de se débarrasser aussi hâtivement. Car elles éclairent en grande partie la suite de son histoire.

Peu de temps après son installation au château, on l'avait baptisée, évidemment. La marquise, passablement voltairienne, était d'avis de prendre son temps. « Qui sait, disait-elle, si elle n'a pas déjà reçu, avant de quitter sa terre natale, les stigmates d'une autre religion ? Et qui sait si le dieu qui l'habite ne va pas se venger sur elle, et sur nous, de ce que nous prétendions le déloger pour lui substituer le nôtre ? ».

Mais, autour d'elle, chacun s'était récrié : « Le vrai Dieu a sa place partout ! Il est encore plus important de la rendre catholique si elle appartient à un

11

faux dieu que si elle n'a pas de religion du tout ».

On l'avait donc baptisée solennellement dans la petite chapelle du château, décorée de fleurs blanches, en présence d'amis, de voisins, de parents, piqués de curiosité et, parfois, d'émotion. Ourika, à un peu plus de deux ans, était la grâce même et, déjà, elle le savait. Pendant que le prêtre l'ondoyait, l'attention profonde qu'elle portait à ses paroles et à ses gestes avait frappé l'assistance. Elle semblait en comprendre toute la signification. Ce qui ne l'empêchait pas de sourire à sa mère adoptive et à ses deux "frères", qui refusaient obstinément de se tenir tranquilles. On la vit même se tourner avec insistance vers le fond de la chapelle où un petit garçon d'environ cinq ans, vêtu comme un paysan, avait poussé la porte et ouvrait de grands yeux.

Quand la cérémonie fut achevée, c'est elle qui prit posément ses deux "frères" par la main et les entraîna vers le parc, pour jouer.

Elle osa même, en passant, appeler le petit paysan et l'inviter à participer à ses jeux.

*

Puis Ourika grandit, entourée d'amour et de sollicitude, caressée, gâtée par les amis de la marquise, accablée de présents, choyée et exaltée comme l'objet humain le plus intelligent et le plus aimable.

Ses premiers jeux, elle les partagea avec Claude et Louis-Joseph, ses "frères", ainsi qu'avec Guillaume, le petit paysan, fils du garde-chasse de la marquise.

Mais, quand ils atteignirent leur septième année, Louis-Joseph d'abord, puis Claude furent envoyés au collège. Et Ourika pleura beaucoup, surtout lorsque Claude la quitta. Il était son préféré, pour sa douceur, sa sensibilité et sa manière d'être son complice lorsqu'elle avait commis une petite faute. Louis-Joseph au contraire la rudoyait, ne lui passait aucun caprice et son jeu préféré consistait à la traiter en esclave, enchaînée à son "cheval" et courbée sous les pires fardeaux. Heureusement Guillaume accourait pour la délivrer. Et c'étaient, entre les garçons, des bagarres sans fin, qui faillirent, à plusieurs reprises, et sans que la fillette en perçût exactement la raison, mal tourner.

Lorsqu'Ourika, vers l'âge de cinq ans, demeura seule au château, la marquise eut tout loisir de "s'emparer" d'elle, en ne laissant à personne le soin de former son esprit et son âme. C'est, confiait-elle à son ami le plus proche, le comte Henri de Fontvieille, que « aucun éducateur étranger ne saurait accoutumer l'enfant aux sentiments délicieux de tendresse et de confiance, inspirés par la nature et cimentés par la douce habitude d'un commerce journalier dans lequel le ciel a placé le bonheur réciproque des enfants et des parents ».

Dès qu'Ourika sut lire, Madame de Mirmont s'efforça d'enrichir son esprit de toutes les connaissances et de tous les usages d'une parfaite éducation. Levée à 8 heures, la petite fille disait ses prières et vaquait à sa toilette avant de déjeuner. La matinée se passait en lecture, questions et observations

13

à propos du texte, écriture d'une ou deux pages, promenade et ouvrages de femme comme la broderie. Car il convenait que son éducation "fût à la fois de l'homme et de la femme". Mais tout cela ne devait jamais susciter l'ennui, devait éveiller au contraire une constante curiosité.

De midi à 16 heures, Ourika jouait ou bavardait avec sa "mère". Puis elle exerçait sa mémoire en apprenant des scènes de comédie – où son naturel et son charme faisaient merveille –, des fables ou des extraits de prose ou de vers. En fin de journée, elle façonnait son talent à ce qui lui plaisait davantage : la musique et surtout la danse. Très vite, elle comprit que c'était par le perfectionnement et la grâce de son corps qu'elle se distinguerait le plus et mettrait en évidence ce qu'elle avait conservé de plus profondément lié à ses origines.

La marquise insista également, en toute occasion, sur la science et l'admiration des beautés de la nature ; et les longues promenades d'Ourika à travers le parc, les champs et les bois étaient le prétexte d'interrogations passionnées sur la vie des plantes, le travail des insectes, le pourquoi et le comment de toute chose. L'expérience fruste de Guillaume, son bon sens, ses dons d'observation et sa simplicité furent, dans ce domaine, fréquemment mis à contribution. Chaque fois qu'Ourika sortait, le petit paysan, comme par miracle, surgissait, disponible et discret. Ourika, touchée, découvrant à dix ans qu'il ne savait même pas lire, lui prêta en cachette ses premiers livres et profita de chaque rencontre pour guider ses progrès. Quand la marquise s'aperçut, un beau jour, qu'il lisait et écrivait, elle en fut stupéfaite, mais ne put cacher son appréhension.

« Quoi, dit-elle, ce petit paysan instruit comme nous ? N'est-ce pas un mauvais service que tu lui as rendu ? Et pourquoi ne pas m'en avoir avisée ?

– C'est, répondit Ourika, que je savais que mes intentions étaient pures. Comment m'auriez-vous reproché d'instruire et d'élever Guillaume alors que vous mettez tant d'acharnement à instruire et élever Ourika ? »

La marquise alors éclatait de rire. Cette enfant était bien la sienne. Elle l'adorait encore davantage.

*

Le ton de cette société était l'enjouement et le bon goût. Avec des touches d'ironie et des pointes de cynisme.

Plusieurs pièces du château étaient sacrifiées à l'établissement de bibliothèques d'une extrême diversité. Très jeunes, les enfants eurent la liberté d'y prendre des livres. Quand ils résidaient au château, les garçons ne s'y enfermaient que pour feuilleter des ouvrages d'imagerie enfantine ou militaire. Ourika, elle, prétendait tout lire, tout savoir.

Elle dévora des romans, mais aussi des discours

de Bossuet, les métamorphoses d'Ovide, les caractères de La Bruyère, les épopées d'Homère, les mondes de Fontenelle et les hommes illustres de Plutarque, dont Jean-Jacques Rousseau disait qu'ils l'aidèrent à « former cet esprit libre et républicain, ce caractère indomptable et fier, impatient de joug et de servitude, qui le tourmenta tout le long de sa vie ». Mais Ourika, très jeune, eut également accès aux ouvrages préférés de la marquise, aux œuvres de Montesquieu, Diderot, Voltaire, Rousseau, d'Alembert, Grimm, ces philosophes dont la science était universelle et qui, pour cela, vous apprenaient à douter de tout.

Même la religion n'était plus acte absolu de foi. Madame de Mirmont tenait pour indispensable que sa "fille" ne crût que ce qu'elle entendait croire et qu'elle n'admît rien qui ne fût passé au crible de son jugement. Elle avait confié à Ourika une Bible que la fillette gardait dans sa chambre, consultait souvent, mais ne comprenait pas toujours. Quand elle butait sur un mystère, la marquise, au lieu d'en respecter la sainteté, s'efforçait, à l'exemple de Voltaire, de le démystifier.

Voici, à ce sujet, comment Madame de Breteuil, qui trouvait fort à redire à l'éducation trop libre d'Ourika, raconta à une amie un épisode de cet enseignement.

« Imaginez-vous que, tout récemment, notre célèbre Ourika s'en est venue près de sa mère et lui dit :

– Que faut-il tenir pour assuré, que Nabuchodonosor a été changé en bœuf ou qu'il s'est métamorphosé en oiseau ?

— Ni l'un ni l'autre, répondit la marquise.

— Pourtant je l'ai vu dans la Bible.

—Vous n'avez rien vu de pareil dans la Bible. Allez donc me la chercher.

Elles lurent ensemble le passage suivant : « La raison du roi s'aliéna ; ses cheveux s'allongèrent comme des plumes d'aigle et ses ongles devinrent crochus comme ceux des vautours. »

Ayant lu cela, la marquise prononça : « Où donc voyez-vous que le roi Nabuchodonosor ait été changé en bête? Je vois bien qu'il était devenu fou, mais il n'est pas question qu'il fût devenu bœuf. Souvenez-vous que c'est là une imagination de sœur tourière ou de femme de chambre ! »

*

Vêtue à l'orientale, assise aux pieds de la marquise, Ourika écoutait souvent, sans la comprendre tout à fait, la conversation des hommes les plus distingués de l'époque. Dès qu'elle eut plus de dix ans, on l'autorisa en effet à demeurer au salon, quand on y recevait, et même à intervenir d'une remarque. Mais elle restait la plupart du temps muette, incertaine de son propre jugement et intimidée par l'assurance des grandes personnes.

C'était seulement en se retrouvant seule avec la

marquise qu'elle se permettait d'avoir une opinion, apportant une réponse adroite à une question posée par un convive, rectifiant l'affirmation prétentieuse d'un autre ou faisant d'un troisième une imitation pleine de malice qui forçait sa mère à rire aux éclats.

Ourika avait également une amie de son âge, Marie de Versicourt, qu'elle aimait pour sa candeur et pour sa gentillesse. Marie étant dans un couvent où elle n'apprenait que ce qui est strictement nécessaire aux filles, Ourika lui écrivait souvent, l'informant des menus incidents de son existence et s'écriant, quand elle avait compris un problème de physique ou un texte latin :

« Oh ! Comme je vais être savante ! J'ai entendu dire par mon frère que j'avais de l'esprit. Si cela est, concevez-vous de quels progrès je serai capable ? Si je ne suis pas riche, j'aurai au moins d'autres avantages. »

Elle parvint donc à l'âge de douze ou treize ans sans concevoir qu'on pût être heureuse autrement qu'elle ne l'était. Elle n'était en rien fâchée d'être noire : on lui disait que c'était charmant. D'ailleurs rien ne l'avertissait que ce fût un désagrément. Elle n'était entourée que de gens aimables et sa couleur ne les empêchait pas de l'aimer.

Ce mode de vie cependant qui mêlait le sérieux à la fantaisie et à l'imagination, ne suscitait pas, autour de la marquise, que de la sympathie. Son amie de prédilection, Madame de Breteuil, l'estimait, pour une fille, dangereux et inutile. Sous l'influence des idées de Rousseau en matière d'éducation, elle estimait que les filles devaient soigneusement rester à leur place, dans l'ombre des hommes. L'abbé Vendôme, son confesseur, que son irréligion foncière n'empêchait pas de mettre constamment la morale en avant, n'approuvait pas davantage que la marquise mît tant d'ardeur à prodiguer à une enfant des talents qu'elle n'aurait guère à utiliser.

Mais c'est avec son ami Henri de Fontvieille, hobereau passablement désargenté du voisinage, auquel elle accordait encore çà et là ses faveurs, que la marquise avait, à propos d'Ourika, les conversations les plus franches et les plus animées :

« Que diraient nos pareils, à la Cour, s'ils savaient qu'une des femmes les plus justement ambitieuses de ce siècle sacrifie toute sa personnalité et tout son temps à une jeune négresse sans naissance et sans fortune ?, se moquait le comte.

— Ils se récrieraient sans doute, répondait la marquise, à proportion de leurs privilèges et de leurs préjugés !

— Mais vous-même, chère amie, êtes-vous certaine de faire son bonheur ? Ne craignez-vous pas que l'aveuglement où vous la maintenez sur son véritable état et le dédain où elle est de tout ce qui ne rend pas grâce à son mérite ne lui fassent le plus grand tort ?

— Que vous me connaissez mal, Henri, si vous pensez que je ne cultive pas en elle le plaisir d'être plutôt que l'orgueil de paraître et que je ne la rends pas constamment plus inquiète de ce qu'elle ne connaît pas que satisfaite de ce qu'elle sait ! Sa réserve et sa modestie me sont aussi chères que son savoir.

— Mais vous la protégez quand même abusivement, au point d'en faire votre instrument et parfois même votre jouet.

— Dites, s'enflammait la marquise, que c'est par orgueil que je la sers et par esprit de caste que je l'élève jusqu'à nous !

— Je dis simplement que si je n'avais pas pour vous autant de respect et d'affection, je m'interrogerais sur les raisons profondes et peut-être inavouables qui vous poussent à agir ainsi. »

Madame de Mirmont écoutait mais n'entendait pas. Rien jamais ne l'avait rendue aussi pleinement heureuse que l'épanouissement d'Ourika.

*

Ourika n'avait pas encore atteint sa treizième année lorsque sa mère adoptive, voulant éprouver ses connaissances, organisa une sorte d'examen auquel elle convia ses deux petits-fils, ainsi que Marie de Versicourt.

Elle leur posa à tous, par écrit, les mêmes questions relatives à l'histoire, à la géographie, à la littérature et à la morale. En quelle année et dans quelles conditions Brutus devint-il l'assassin de César ?

Dans quels pays Marco Polo conduisit-il ses voyages ? Qui était Polyphème et quelle fut son histoire ? Et de quelle qualité principale vous flatteriez-vous devant Dieu ?

On laissa les enfants, seuls, un bon moment, avec de quoi écrire. Quand on vint les retrouver, l'embarras dans lequel était plongée Marie frappa d'abord l'assistance. Et lorsque la marquise lui demanda ce qu'elle avait répondu, elle se jeta en pleurant dans les bras de sa mère, qui l'avait accompagnée au château, et qui, pour la consoler s'écria rageusement :

« Je suis bien aise, moi, que tu ne sois pas si savante ! A quoi te servirait un bagage aussi encombrant ? Je n'ai pour ma part jamais entretenu de relations avec Brutus ni Polyphème et je puis t'affirmer que ces gens-là ne m'ont jamais manqué ! »

Entre les trois enfants de la marquise, l'examen tourna entièrement à l'avantage d'Ourika. Son portrait de Brutus et les circonstances de son geste furent si précis et si vivants qu'on les applaudit unanimement. Elle décrivit ensuite, comme si elle les avait traversées elle-même, les régions que Marco-Polo avait explorées.

A propos de Polyphème, le cyclope mis à mal par Ulysse dans l'Odyssée, elle insista surtout sur le stratagème grâce auquel le Grec astucieux avait échappé à la vengeance du géant.

« Il avait répandu le bruit qu'il s'appelait Personne. Et lorsqu'on demandait au Cyclope le nom de son bourreau, il s'écriait : c'est Personne, c'est

Personne !

Personne avait ajouté fièrement Ourika, se dit *Outis* en grec. »

Et même la marquise l'avait regardée avec stupéfaction.

Claude, sur les mêmes sujets, n'avait su répondre, maladroitement, que l'essentiel. Et Madame de Mirmont, qui avait surpris des signes de connivence avec Ourika et compris d'où lui venait son savoir, avait préféré ne pas insister.

Quant à Louis-Joseph, l'aîné, qui venait de s'engager dans l'armée du Roi et d'y obtenir ses premiers galons, il n'avait participé à l'examen que du bout des lèvres. « Un soldat n'a pas besoin de ces connaissances livresques. L'exemple de quelques héros doit lui suffire. »

Un seul sujet finalement avait mobilisé l'attention de tout le monde : le sujet de morale et la recherche de la qualité considérée comme la meilleure au regard de Dieu.

Marie avait simplement répondu : « La piété. »

Louis-Joseph avait noté : « C'est le courage, bien entendu. Le courage sans lequel l'amour lui-même n'est rien. »

Claude avait écrit : « La science du bonheur et le goût de la vie. Comment Dieu pourrait-il reprocher à ses créatures de trouver agréables les plaisirs qu'il leur a procurés ? »

Ourika, elle, avait indiqué : « Ce que nous avons de meilleur en nous, c'est notre singularité et la

22

conscience que nous en avons. Il faut être soi : c'est le meilleur compliment que nous puissions adresser à Dieu. »

Autour de ces réponses s'était aussitôt engagée une discussion passionnée. Etre soi, n'était-ce pas, peu ou prou, de l'orgueil ? N'y a-t-il pas de l'imprudence à abuser de la sincérité ? Et ne décelait-on pas, dans le point de vue d'Ourika, l'influence excessive de Jean-Jacques Rousseau et des premières "Confessions", immorales et immodestes, que l'on venait de publier ?

Devant le tour pris par la conversation, Madame de Mirmont jugea bon de mettre un terme à une séance dont elle n'avait jamais senti ce qu'elle avait d'assez ridicule.

Elle était si naïvement fière de son élève qu'elle entendit à peine les remontrances de son ami de Fontvieille et pas du tout les propos cruels de Madame de Versicourt au sujet d'Ourika qu'elle comparait à un singe savant.

Ourika, quant à elle, jouissait en toute innocence, et sans l'ombre d'un scrupule, de sa victoire.

*

C'est à cette époque que la marquise de Mirmont, ayant constaté la faiblesse de l'éducation reçue par Claude, décida de le retirer du collège et de confier la fin de ses études à un précepteur qu'elle fit venir au château.

Ce précepteur, Charles Lesage – mais bientôt

surnommé "Charlot" – portait bien mal son nom. Il avait été chaudement recommandé par Madame de Breteuil. Bâtard d'un de ses cousins, il méritait qu'on lui donnât sa chance tout comme s'il était légitime, et la bonté de la marquise avait approuvé ce raisonnement. Hélas, on s'aperçut vite au château que Charles n'avait pour lui que sa bonne mine et un vernis d'éducation et de savoir. Il aimait la bonne chère, le vin, la paresse et les femmes. Il n'apprit guère à Claude qu'à suivre son penchant. Et si le "cadet" de la marquise acquit assez de connaissances pour faire illusion dans le monde, c'est avant tout à ses conversations quotidiennes avec Ourika qu'il le dut.

Jusqu'à quinze ans, la jeune noire s'épanouit physiquement et moralement jusqu'à devenir la jeune fille aux grâces multiples, aux formes à la fois pleines et déliées, à la taille si fine qu'elle semblait immatérielle, au regard de velours et de braise, à l'attitude réservée et parfois sauvage, aux traits charmants, candides et délicats, dont nous avons entrepris de raconter l'histoire.

Ce fut la période la plus heureuse de sa vie ou, si l'on veut, la plus innocente. Protégée comme elle l'était, insouciante des difficultés où s'engageait la France, entourée par sa "famille" comme par des fortifications, Ourika avait adopté comme devise la phrase célèbre de saint Augustin, *amabam amare* (j'aimais aimer). Mais elle n'attachait à ces mots qu'une valeur affective et spirituelle, étant, malgré ses lectures, dans l'ignorance complète de la sensualité.

C'est ainsi que les garçons, auprès d'elle, avaient beau multiplier les allusions à leurs premières expériences amoureuses, leurs propos glissaient sur sa candeur comme la pluie de printemps sur les jeunes feuilles. Et l'on avait beau, par ailleurs, dans le salon de la marquise, évoquer, en termes de plus en plus graves et passionnés, les événements qui allaient précipiter la France dans la révolution, ils n'affectaient pas davantage Ourika que les récits de ses lectures relatifs aux guerres puniques ou à la Fronde. Elle vivait dans un monde clos, les yeux bandés, et ce monde était celui du bonheur.

Ses émotions les plus violentes, si elle leur avait donné prise, elle aurait pu les ressentir au cours de ses rencontres avec Guillaume, le petit paysan. L'admiration émerveillée qu'il vouait à Ourika depuis que, toute petite, elle l'avait pris par la main et entraîné dans ses jeux, s'était peu à peu muée en tendresse, puis en adoration. Il avait pris l'habitude de guetter ses moindres apparitions hors du château et il la suivait de loin lorsqu'elle se promenait, n'osant intervenir dans sa solitude que lorsqu'il était sûr qu'elle n'en serait pas affectée. Lorsqu'il était avec elle et qu'elle lui confiait sérieusement ses états d'âme et de pensée, il souffrait d'une agitation intérieure si intense qu'elle en devenait vite insupportable. La crainte de lui déplaire, par son ignorance ou sa grossièreté, l'emportait tellement sur son désir de lui plaire que rien, dans la passion qui l'agitait, ne choqua jamais la jeune Noire. Elle lui parlait donc de tout, avec une entière liberté, et notamment de son entente avec Claude et des exploits en tout genre accomplis par son "frère", et qu'il lui avait racontés. Guillaume, de tout son instinct, commençait à détester le jeune aristocrate avec qui il ne jouait plus depuis longtemps. Et dans son esprit mûrissait le désir d'être de ceux qui, un jour prochain, "délivreraient la terre" et combattraient pour l'égalité des hommes et l'abolition des passe-droits.

Mais, jusqu'à quinze ans, les aspirations et les élans de Guillaume n'avaient aucune chance d'émouvoir Ourika. Seuls, la troublaient les mouvements de la nature combinés aux mouvements de son âme. Lorsqu'elle s'enfonçait, solitaire, dans les bois voisins du château et que rien n'indiquait plus que la vie des hommes existât au-delà des arbres, il lui semblait quelquefois que la terre venait de basculer près d'elle et qu'en ressortant de la forêt, elle allait se retrouver dans un autre espace ou un autre temps. A Rome, par exemple, dans cette antiquité qu'elle aimait ou bien encore dans un coin inconnu d'Afrique, où elle était née et où vivaient peut-être encore ses frères et ses sœurs. Elle retirait alors le bracelet noir qu'elle portait au poignet, le baisait passionnément, et, l'accrochant à un arbre, le suppliait de se transformer en tapis volant ou en éléphant à ressort qui la ramènerait dans son pays.

Mais quand elle regagnait le château et que, dans le salon précieux et paisible, près du feu de bois, elle découvrait le visage clair, intelligent, à peine anxieux de sa mère adoptive, tous ses fantasmes s'envolaient à tire d'aile. Et Ourika redevenait la petite fille sage que l'amour emprisonnait plus sûrement que n'importe quel asservissement.

*

Lorsqu'elle atteignit ses quinze ans, le vingt et un juin 1788 (sa "mère", en l'adoptant et en la faisant baptiser, l'avait déclarée née civilement le jour de l'été 1773), la marquise, pour lui plaire et pour fêter en même temps le grade de colonel que venait d'obtenir Louis-Joseph, organisa au château un bal auquel furent conviés parents, amis, relations, accourus parfois de fort loin.

Elle avait eu l'idée de préparer un quadrille représentant les quatre parties du monde et demandé à Ourika d'y figurer l'Afrique. On avait consulté des voyageurs, examiné des livres de costumes, lu des ouvrages savants sur la musique de ces régions. On choisit enfin une *comba*, danse nationale du pays où elle était née. Son danseur mit un crêpe sur son visage. Elle, bien entendu, n'en avait pas besoin.

Tout entière au plaisir du bal, elle dansa la *comba* avec Claude et remporta tout le succès qu'on pouvait attendre de la nouveauté du spectacle et du choix des spectateurs dont la plupart, proches de madame de Mirmont, s'enthousiasmaient pour sa fille adoptive et savaient lui faire plaisir en redoublant leurs manifestations de joie et leurs compliments.

La danse était d'ailleurs pleine de piquant. Elle se composait d'un mélange d'attitudes et de pas mesurés. On y peignait l'amour, la souffrance, le plaisir des sens et le désespoir. Ourika ne connaissait guère ces agitations de l'âme. Mais un instinct très sûr les lui faisait deviner. On l'applaudit, on l'entoura, on l'accabla d'éloges. Son plaisir fut, ce soir-là, sans réserve.

Comme s'il fallait qu'elle pût dater exactement la fin de ses années de bonheur.

*

Ourika, jusqu'à ses quinze ans, n'avait vécu que dans l'illusion d'appartenir à une famille et à une société. C'est à partir de cet âge-là qu'elle prit, avec de plus en plus d'intensité, conscience de ses différences.

On était en 1788 et tout annonçait le changement. Les conversations auxquelles Ourika prêtait l'oreille, sans oser encore y participer, roulaient de plus en plus souvent sur l'état de la France, sur l'attitude du roi et de la reine et sur le mécontentement général. Même les privilégiés comme la comtesse de Breteuil, Madame de Versicourt, Henri de Fontvieille souhaitaient plus de libéralisme et se disaient prêts à faire un pas vers le peuple. On était généreux, on applaudissait au mot de Necker : "Il faut compter sur la vertu des hommes." La marquise de Mirmont, elle, que les idées de Voltaire et de Rousseau avaient pénétrée, allait encore plus loin. « C'est de la noblesse, affirmait-elle, que viendront le salut et le progrès. Car elle seule sait de quels maux le peuple lui est redevable. Elle a beaucoup à donner parce qu'elle a beaucoup à se faire pardonner. »

Ourika, au début, s'étonnait un peu de cette espèce de démission des aristocrates qui l'entouraient. C'était à qui plaiderait coupable le plus fort. On citait le *Discours sur l'inégalité des hommes* de Rousseau. On se référait à la République de Genève et à celle des Grecs et des Romains. On maudissait les "mauvais nobles", qui abandonnaient leur terre en se contentant d'en percevoir les rentes. On en voulait à Louis XVI et à Marie-Antoinette qui ne prêtaient pas assez d'attention à la misère et à l'injustice.

A propos de religion, c'était peut-être pire. Si l'on respectait les formes extérieures de la dévotion, un vent de contestation anticatholique soufflait de plus en plus fort. Le vieil abbé qui avait baptisé Ourika ne perdait lui-même aucune occasion de se moquer de la religion, au point de choquer la jeune Noire qui se demandait comment on pouvait concilier son appartenance à une catégorie sociale et le désaveu de cette catégorie.

Elle s'en ouvrit un jour à Guillaume qu'elle avait surpris, au bord d'un champ, un cahier à la main, en train d'écrire avec application.

« Il fait si beau, Guillaume, dans ce champ, et tu écris au lieu de courir dans le soleil ? »

Il avait jeté son cahier, comme s'il était pris en faute, et avait répliqué : « Le soleil brillera encore, Mademoiselle, mais les hommes n'ont plus beaucoup de temps pour se déclarer. »

Elle l'avait regardé avec étonnement, comme si elle ne l'avait jamais vu. Guillaume venait d'avoir dix-huit ans. Il n'était ni beau ni élégant, mais dégageait, dans la lumière mordorée de l'automne, une santé de corps et d'âme qui frappa la jeune fille et l'émut bizarrement.

Elle le fixa avec plus d'attention.

« Comme tu as grandi, Guillaume, et comme tu es loin de moi tout à coup ! »

Il s'était baissé pour cueillir une fleur, la porter à ses lèvres et la lui tendre gentiment.

« En faisant ce que je fais, il me semble que je n'ai jamais été aussi proche de vous.

– Que fais-tu donc, Guillaume ? »

Maladroitement d'abord, puis avec de plus en plus de flamme et de faconde, il le lui avait expliqué. On affirmait à la campagne, en ville, de tout côté, que bientôt on demanderait à tous les Français, même aux plus humbles, de dire ce qui n'allait pas dans le pays et ce qu'ils désiraient. Lui qui, grâce à Ourika, avait appris à lire et à écrire devait donner l'exemple. Les paysans, sans qui les bourgeois et les nobles n'auraient pas de pain, méritaient qu'on les entende aussi.

Ourika avait voulu savoir quelles étaient les revendications de Guillaume et il avait parlé de misère, d'injustice, d'abus de pouvoir. Pourquoi les paysans, qui étaient pauvres, devaient-ils donner aux riches, aux seigneurs et aux prêtres, tout ce que ceux-ci exigeaient d'eux ? Pourquoi ne leur était-il jamais permis d'acheter la terre qui, sans eux, resterait en friche ?

« Je pense, dit Ourika quand il eut fini de parler, que tout ce que tu dis se réalisera plus vite que tu n'imagines. Car j'entends chaque jour au château des opinions semblables aux tiennes. »

Guillaume avait souri bizarrement et s'était tu.

Et comme Ourika avait insisté :

« Tu ne crois pas ce que je dis, Guillaume ? », il avait fini par prononcer : « Je crois ce que vous dites, Mademoiselle. Mais c'est ce qu'ils disent devant vous que je ne crois pas. »

Le soleil disparaissait derrière la forêt lorsqu' Ourika avait embrassé Guillaume et l'avait quitté. Il lui semblait, en regagnant le château, non seulement que son cœur battait plus vite, mais que des questions se levaient en elle auxquelles elle n'avait jamais songé.

Quand Madame de Mirmont l'aperçut et lui demanda ce qu'elle avait fait de son après-midi, elle répondit :

« J'ai marché. J'ai réfléchi.

– Seule ?

– Oui, seule, avec mes rêveries. »

Elle n'avait jamais, avant ce jour-là, menti à la marquise.

*

Ce que lui avait dit Guillaume, et, davantage encore, ce qu'il avait laissé entendre avait déposé des marques si profondes dans l'esprit d'Ourika qu'elle n'eut de cesse, les jours suivants, d'en vérifier l'exactitude.

Un après-midi qu'un orage violent s'était abattu sur le château, la conversation avait, une fois de plus, reposé sur la différence que la fortune et la naissance provoquent entre les hommes. La marquise, dont chacun respectait apparemment les idées, avait affirmé qu'il fallait se garder de tout mépris pour les inférieurs.

« Je voudrais, avait-elle déclaré à Ourika et à Marie qui l'écoutaient silencieusement, que, sensibles à l'empressement de tous vos amis, depuis moi jusqu'à votre laquais, vous ne fussiez occupées que des moyens de leur prouver votre reconnaissance. »

Ourika, attendrie, avait enregistré la formule à l'intention de Guillaume.

Mais, un moment plus tard, quand Marie et Ourika eurent regagné la chambre de la jeune Noire, Marie demanda à son amie si elle pouvait prendre un bain. Sur l'autorisation d'Ourika, Marie commença à se déshabiller et lui conseilla d'en faire autant.

Ourika, amusée, regarda son amie qui s'était mise nue et commençait à l'imiter, quand elle entendit un bruit.

Elle se précipita vers la porte en s'écriant :

« Ce pourrait être Georges, le valet de chambre, tu sais ! Il lui arrive, à cette heure, d'entrer ici sans songer à prévenir.

−Eh ! qu'importe ! avait répliqué Marie. Je n'ai

jamais pensé qu'un laquais pût avoir un sexe ni même un désir ! »

*

Qui disait vrai, de la marquise ou de Marie ? Et qui fallait-il croire ?

Ourika décida de s'en ouvrir à Claude aux opinions de qui elle avait pleine confiance et qui ne lui avait, croyait-elle, jamais menti. Ils avaient pour ainsi dire poussé ensemble, comme deux fruits du même arbre. Il était son frère, son ami absolu et son ultime confident.

Madame de Mirmont aimait à marcher dans la nature. Elle se promenait souvent en forêt, donnant le bras à l'abbé ou au comte de Fontvieille. Claude et Ourika les suivaient de loin, échangeant des confidences, se parlant de tout ce qui les occupait, de leurs projets, de leurs espérances, de leurs opinions sur les autres et sur les événements. Elle ne lui cachait rien et lui, pensait-elle, pas davantage. Elle avait noté dans les premières pages d'un journal intime qu'elle avait entamé depuis peu : « Il sait qu'en me parlant de lui il me parle de moi et que je suis plus *lui* que lui-même. »

Depuis quelque temps cependant Claude semblait à l'égard d'Ourika moins complice, plus réservé. Il quittait le château plus fréquemment pour de longues équipées qui le ramenaient dans un état d'excitation que détestait Ourika. Subissait-il exagérément l'influence néfaste de son précepteur ?

33

Ourika avait de plus en plus de mal à aller vers lui comme vers ce qu'elle connaissait de plus parfait sur la terre. Mais quand elle le sentait fiévreux et angoissé, au lieu de l'en aimer moins, elle se croyait seule capable de lui apporter l'apaisement. « Je donnerais volontiers ma vie, écrivait-elle, pour lui épargner un moment d'abattement. »

Un jour qu'il paraissait plus détendu que d'habitude, elle en profita pour lui ouvrir son cœur et lui demander de trancher entre Guillaume et la marquise. Où était la vérité sur l'égalité entre les hommes ? Souhaitait-il réellement plus de justice et de liberté ? Etait-il prêt à consacrer sa vie, comme elle, à réconcilier les Français ?

Il l'avait contemplée avec un sourire si attendri et en même temps si moqueur qu'Ourika ne devait jamais l'oublier.

Puis il avait dit :

« Ma pauvre Ourika, quand ouvriras-tu les yeux ? Quand consentiras-tu à ne plus penser qu'à travers tes livres et avec la cervelle des autres ? »

*

La vie cependant ne changeait guère, au château, à l'approche de la révolution. Lorsque la nouvelle de la convocation des Etats Généraux à Versailles arriva – on était en janvier 1789 – ce fut une explosion d'enthousiasme unanime. "Ce sont les étrennes de la France" s'exclamait-on de tout côté ; et Ourika était ravie de voir enfin s'accorder Guillaume et Claude, la marquise et la comtesse, Henri de Fontvieille et l'abbé.

C'est au milieu de ce délire universel qu'Ourika décida, pour être à l'unisson des idées nouvelles, de monter une pièce de théâtre où, disait-elle, "l'avenir serait représenté". Elle choisit, après de longues recherches, un divertissement de Marivaux, *La Colonie*, qui mettait en scène une révolte des femmes contre la tyrannie des hommes. Certaines répliques en étaient si audacieuses, elles exprimaient si crûment l'état d'oppression dans lequel le masculin maintient le féminin qu'Ourika avait demandé à sa mère si rien ne s'opposait à ce qu'elle donnât cette représentation. Madame de Mirmont avait souri, heureuse de voir Ourika s'activer avec tant de passion et oublier les soucis qui, de plus en plus souvent, assombrissaient son visage. « Marivaux n'est pas un révolutionnaire, avait-elle ajouté. Le dénouement de sa pièce prouverait même plutôt le contraire. Monte donc ta *Colonie*. J'y tiendrai moi-même un rôle, si tu m'en confies un. »

Ourika s'était donc lancée avec ardeur dans l'entreprise et avait mobilisé tous ses proches et ceux de la marquise pour figurer les différents personnages. Elle avait aménagé une petite scène dans une grange attenant au château et passait toutes ses journées en répétitions.

C'est alors qu'un beau soir était arrivé Louis-Joseph, superbe et plein d'assurance dans son uniforme flambant neuf d'officier. Il avait manifesté lui aussi ses espérances, affirmé sa fierté d'être au service du roi de

France, exprimé sa conviction que lui seul était capable de faire le bonheur de son peuple.

« Et la reine , avait demandé Ourika.

–La reine ? Elle brode à merveille. Qu'elle s'en tienne à la broderie ! »

Le lendemain, Ourika, toute à son théâtre, avait invité Louis-Joseph à assister à une répétition. Il s'était fait beaucoup prier, estimant que ces divertissements n'étaient pas dignes de son état. Mais il avait fini par accepter pour "les beaux yeux d'Ourika" et pour "se faire pardonner de ne pas l'avoir traitée en esclave depuis de longs mois".

Louis-Joseph parut d'abord prendre du paisir au jeu des répliques et des situations. Mais quand le personnage de Madame Sorbin, que jouait Ourika, le prit de haut avec son mari en traitant ses propos de radotage, il ne put maîtriser sa nervosité.

Un peu plus loin, la même Madame Sorbin, à laquelle Ourika prêtait sa flamme et sa conviction, répondait ainsi à Monsieur Sorbin qui prétendait être "l'élu, le mari, le maître et le chef de famille" :

« Vous êtes, vous êtes... Est-ce que vous croyez me faire trembler avec le catalogue de vos qualités ? Je vous conseille de crier gare ; tenez, ne dirait-on pas qu'il est juché sur l'arc-en-ciel ? Vous êtes l'élu des hommes et moi l'élue des femmes ; vous êtes mon mari et suis votre femme ; vous êtes le maître et moi la maîtresse ; à l'égard du chef de famille, allons bellement, il y a deux chefs ici, vous êtes l'un et moi l'autre, partant quitte à quitte... »

Louis-Joseph se leva, pâle, pour entendre Madame Sorbin-Ourika répliquer à son mari qui l'invitait au respect :

« Le respect est un sot ! Finissons, Monsieur Sorbin, qui êtes élu, mari, maître et chef de famille. Tout cela est bel et bon, mais écoutez-moi pour la dernière fois, cela vaut mieux. Nous disons que le monde est une ferme, les dieux là-haut en sont les seigneurs, et vous autres hommes, depuis que la vie dure, en avez toujours été les fermiers tout seuls, et cela n'est pas juste, rendez-nous notre part de la ferme. Gouverne, gouvernons ; obéissez, obéissons ; partageons le profit et la perte ; soyons maîtres et valets en commun... »

D'un « C'en est trop ! », tout à coup, Louis-Joseph interrompit Ourika.

« Arrête-toi, là-bas, ça n'est plus supportable », ajouta-t-il d'une voix furieuse.

Ourika, sur la scène, se taisait, stupéfaite.

Louis-Joseph alors se dirigea vers elle et prit à témoin tous ceux qui l'entouraient :

« Es-tu folle, Ourika, de donner pareil spectacle ? Où as-tu pris l'audace d'interpréter de pareilles vilenies ? La revendication d'égalité de la femme est dénuée de sens. Pis, le signe d'une dépravation. »

Et il ajouta : « Une femme qui veut faire l'homme est une injure à Dieu. »

Ourika, en l'entendant, fondit en larmes. Elle se tourna désespérément vers les témoins de l'incident, sur la scène et sur les bancs. Mais personne n'osait intervenir, pas même la marquise de Mirmont qui fixait obstinément le sol.

« J'interdis, entendez-vous, j'interdis formellement que pareille représentation soit donnée au château de Mirmont. Je vous en fais la garante, ma mère, dit-il à l'intention de la marquise. Il est temps de savoir qui commande à qui ! »

Louis-Joseph sur ces mots sortit de la grange, demanda si son cheval était sellé et s'éloigna au grand galop après avoir salué sa grand-mère et son frère, mais sans avoir adressé à Ourika le moindre signe d'adieu.

*

Au petit jour suivant, Ourika, qui n'avait pas trouvé un seul instant de sommeil, se leva, se mit à sa table et confia à son journal le désarroi où l'avaient jetée l'intervention et le départ de Louis-Joseph.

« Sa brutalité et l'opinion sauvage qu'il a des femmes m'ont profondément blessée, écrivit-elle, mais je connais mon frère et je lui pardonne depuis longtemps ces excès. Ce qui, cette nuit, n'a cessé de me torturer, c'est l'adhésion générale que ses propos ont emportée. Personne, après son départ, n'est venu vers moi pour me consoler, me dire qu'il avait tort et qu'il fallait poursuivre les répétitions malgré sa colère. Oserai-je l'écrire ? Il m'a semblé que ma mère elle-même pouvait avoir des intérêts qui passaient les miens... »

Plus tard, alors que le château s'éveillait et qu'Ourika aurait dû descendre pour la prière et le déjeuner, elle s'enferma dans sa chambre, déclara qu'elle était souffrante et se remit à son journal.

« Il me semble, nota-t-elle, que le voile qui a entouré et protégé toute mon enfance est en train de se déchirer lentement. Chaque jour qui passe agrandit le fossé qui sépare les croyances que l'on m'a inculquées des réalités que je découvre. C'est sans doute ce que voulait dire Claude l'autre jour en me conseillant d'ouvrir les yeux. Mais quand je les ouvre, je n'aperçois que duplicité, hypocrisie et mensonge. A qui désormais pourrai-je me fier si celle en qui j'ai placé toute ma confiance et qui m'a donné, depuis que j'ai de la mémoire, les preuves innombrables de sa tendresse et de son dévouement m'abandonne pour un seul mot et, du même coup s'abandonne elle-même ? Jamais je ne rencontrerai un être d'une probité plus entière, d'une âme plus ferme ni d'un amour plus constant. Ma mère naturelle ne m'aurait certes pas aimé davantage. Mais la voici pourtant qui fléchit dès que ses devoirs se trouvent en opposition avec ses idées. »

Ourika avait souligné la phrase sur laquelle elle concluait : « *Devrai-je apprendre, moi aussi, à me détester et à me trahir ?* »

*

Les jours qui suivirent ne firent qu'accentuer le malaise d'Ourika et le sentiment de doute qu'elle nourrissait désormais à l'égard de son entourage. La marquise avait beau multiplier les marques d'attachement et d'affection, Ourika sentait bien qu'elle fuyait toute véritable explication. Si rien ne semblait affecter l'écoulement tranquille des jours, Ourika, devenue inquiète, méfiante et susceptible, pressentait que le ver était dans le fruit et qu'il était en train de ronger inexorablement le monde dans lequel elle s'était crue en sécurité.

Est-ce parce qu'elle était sur ses gardes et guettait chaque signe de défiance ou d'hostilité ? Ou bien, depuis le malheureux épisode de *La Colonie*, se sentait-on plus libre et moins tenu au respect envers elle ? Les mêmes qui se gardaient d'offenser Ourika ou de la contredire, lorsqu'elle bénéficiait pleinement de la protection de la marquise, la traitaient maintenant avec ironie, condescendance, ou même animosité, depuis qu'ils avaient appris que Madame de Mirmont ne prenait plus systématiquement son parti.

Saisie par l'anxiété, en perpétuel état d'alerte, Ourika se mit, en tendant l'oreille et en ouvrant les yeux, à entendre ce qui ne lui était pas adressé et à voir ce qui, quelques mois plus tôt, lui serait resté invisible. C'est ainsi que les relations ambiguës qui unissaient la marquise au comte de Fontvieille et sur la pureté desquelles elle n'avait jamais eu le moindre soupçon, lui apparurent brusquement entachées de vice et de souillure.

Les mesquineries de l'abbé Vendôme et ses affirmations ridicules, aussitôt démenties par les faits, lui devinrent si insupportables qu'elle ne put s'empêcher de le manifester ; et ce fut pour s'en faire un ennemi.

Envers ceux pour qui elle conservait de l'estime, Ourika demeurait aimable, attentive, mais sans ces élans et cette spontanéité qui l'avaient rendue longtemps si adorable. Un jour qu'elle avait reçu de sa "mère" une somptueuse robe de Damas et qu'elle l'avait remerciée avec gentillesse, mais sans lui sauter au cou comme auparavant, elle entendit l'abbé dire à la marquise, en se cachant à peine :

« Ourika sait-elle bien ce qu'elle vous doit ? Sur quoi fonde-t-elle la fierté qu'elle manifeste ? A-t-elle bien conscience de tout ce qui la rend différente de nous ? »

« Suis-je à ce point différente ? s'interrogea Ourika le soir même dans son journal. Et pourquoi ne m'en étais-je jamais avisée ? »

*

A propos de la couleur de sa peau, Ourika n'avait jamais éprouvé la moindre gêne.

C'est qu'on s'était gardé non seulement de lui en tenir rigueur, mais même de paraître la remarquer. Chaque fois qu'en sa présence la conversation avait trait aux races et aux couleurs, il s'élevait toujours une voix dominante pour affirmer que tous les hommes, en tant que créatures de Dieu, possédaient les mêmes droits et la même dignité. Et lorsqu'il arrivait qu'on remarquât la négritude d'Ourika enfant ou jeune fille, c'était pour l'en complimenter comme d'un supplément ou d'un assaisonnement à sa beauté.

Il est naturel que s'interrogeant sur ses dissemblances, la jeune Noire en soit venue à être obsédée par sa couleur, qui était ce qui la rendait le plus dissemblable.

Chaque fois qu'elle constatait l'arrivée au château d'invités qui n'y étaient jamais venus – à l'approche des Etats Généraux, le cercle de la noblesse s'agrandissait et se fortifiait –, Ourika éprouvait un nouveau tourment. L'expression de surprise, mêlée de dédain, qu'elle observait sur leur visage, commençait à l'alarmer. Elle était sûre d'être bientôt l'objet d'un aparté dans l'embrasure d'une fenêtre ou d'une conversation à voix basse dans un coin du salon, car il fallait bien se faire expliquer comment une négresse pouvait être admise dans l'intimité de la marquise. Ourika souffrait le martyre pendant ces éclaircissements. Elle aurait voulu être transportée magiquement dans sa patrie barbare, au milieu des sauvages qui l'habitent, moins à craindre certainement que cette société raffinée et cruelle qui la rendait responsable d'un mal qu'elle seule avait inventé.

Elle en arrivait à considérer sa peau comme une infirmité. Poursuivie par le souvenir de ces physionomies méprisantes – dont *elle en venait à partager le sentiment* –, elle avait dissimulé ou masqué tous les miroirs de sa chambre. Pour le reste, elle portait des gants et préférait les vêtements amples à ceux qui découvraient son cou et ses bras. Pour sortir, elle avait adopté un grand chapeau avec un voile, qu'elle conservait même parfois dans la maison. Elevée pour plaire à tout le monde, elle ressentait avec terreur l'angoisse de ne plus être aimée par personne.

Un soir qu'on ne l'avait pas entendue entrer au salon où étaient rassemblés, autour de Claude et de Charlot, des jeunes gens de leur âge, Ourika comprit qu'on faisait allusion à l'aventure du célèbre savant Maupertuis qui avait ramené une Lapone à Paris et qui prétendait la produire dans le monde.

« Une Lapone ! s'écria quelqu'un. Pourquoi pas une négresse ! »

Les moqueries et les rires redoublèrent jusqu'au moment où l'on découvrit la présence d'Ourika. Un silence consterné s'établit alors. Claude, pour la consoler, se précipita vers elle. Mais Ourika préféra tourner les talons et s'enfuir.

Elle n'avait pas pu ne pas remarquer que Claude, avant de se reprendre, avait éclaté de rire comme les autres.

*

C'est à Claude et à ce rire qu'elle songea éperdument les jours suivants. Si le frère qu'elle chérissait était lui-même du côté de ses ennemis, que lui restait-il de son paradis imaginaire ? Et en qui pourrait-elle à l'avenir investir sa confiance ?

Les entretiens pleins d'abandon qu'elle avait eus jusque là presque quotidiennement avec Claude s'étaient espacés. Le jeune homme, à l'âge où l'on songe à voler de ses propres ailes – il allait avoir dix-huit ans – , s'éloignait du château de plus en plus souvent, sans jamais lui indiquer les raisons précises de ses absences. Elle n'y attacha aucune importance jusqu'au jour où, ayant demandé à Madame de Mirmont où il se trouvait, la marquise parut gênée et se garda de répondre.

Ourika n'eut pas longtemps à attendre pour apprendre ce qu'elle aurait préféré ne jamais savoir.

Le printemps avait éclaté autour du château avec une magnificence incroyable. On disait que c'était aussi le printemps de la France et des Français. Heureuse de ce renouveau qui semblait coïncider avec le bonheur des hommes, Ourika oubliait un peu ses alarmes. L'affection profonde et sereine qu'elle éprouvait, une fois pour toutes, pour Claude lui tenait lieu d'équilibre et de bien-être. Elle aurait pu dire comme Jean-Jacques Rousseau disait de Madame de Warens, dans ses *Confessions* récemment publiées, que "les choses obligeantes qu'il lui avait dites, l'intérêt si tendre qu'il avait paru prendre à elle, ses regards charmants qui lui semblaient pleins d'amour parce qu'ils lui en inspiraient : tout cela nourrissait ses idées pendant ses promenades et la faisait rêver délicieusement."

Il est intéressant cependant de noter qu'Ourika ne

sentait toute la force de son attachement pour Claude que lorsqu'elle ne le voyait pas. Quand elle le voyait elle n'était que contente ; mais son inquiétude en son absence était presque douloureuse. Elle imaginait alors, pendant qu'elle allait le long des chemins ensoleillés et fleuris, les paysages et les maisons où ils seraient heureux ensemble. Mais le sentiment qui la poussait vers lui ressemblait davantage à celui d'une sœur pour un frère qu'à celui d'une femme pour son amant. Quoique troublée de plus en plus souvent par des mots, des gestes, des allusions, quoique frémissante en songeant par exemple à Guillaume, son corps n'avait pas de part à ce qui l'attirait vers Claude. Et en même temps sa tendresse la garantissait de toute autre tentation. En un mot, comme eût dit encore Jean-Jacques, elle était sage parce qu'elle l'aimait.

Lorsque Claude, un beau jour d'avril, lui fit savoir qu'il l'attendait, le soir même, à neuf heures, dans le parc, elle ne devina pas que le coup qu'elle allait recevoir la blesserait encore plus profondément que les autres.

Dans un coin retiré du parc, sous un saule qui venait de vêtir une parure neuve, il y avait un banc de pierre où, à partir des beaux jours, Ourika venait souvent lire ou rêver. Claude y était assis lorsqu'elle le rejoignit. Il se leva pour l'embrasser, s'assit près d'elle et courut tout de suite à l'essentiel.

« Ce que j'ai à te dire, petite sœur (et ses mots qui chantaient déposaient un venin invisible), va, je pense, te causer une grande joie. Le chevalier de Bré, qui nous a rendu visite avant-hier, n'était pas venu pour nous entretenir du rôle qu'il compte jouer dans les prochains Etats Généraux. Il était chargé de me transmettre une proposition de mariage de la part d'une personne que tu connais bien. J'ai eu le temps, depuis deux jours, de tourner et de retourner cette proposition. Je n'en ai parlé avant toi qu'à notre mère. Et nous sommes aujourd'hui, elle et moi, disposés à l'accepter. Je tenais à t'en prévenir la première, toi pour qui je n'ai jamais eu de secret. »

Ourika ne ressentit d'abord qu'une vive curiosité.

« Je la connais ? De qui donc s'agit-il ?

– Tu n'as pas deviné ? De Marie de Versicourt, voyons ! »

Non, elle n'avait pas deviné et elle en eut honte aussitôt. Elle était encore en proie à ses rêveries et à ses chimères, tandis que Claude était chez Marie et l'entretenait de son amour. Quelle sotte incorrigible elle était ! Et combien ouvrir simplement les yeux pour regarder le réel était au-dessus de ses forces !

« Marie, finit-elle par articuler, Marie ? Mais vous vous aimez donc ? »

Ourika devina dans l'obscurité presque totale, ce qui entrait d'insolence, de cynisme et de pitié dans le regard que Claude lui adressa.

« Pauvre petite sœur, dit-il. Comme s'il s'agissait d'amour ! Marie concilie tous les avantages de la naissance, de la fortune et, j'ajouterai même, de la simplicité. Elle est assez jolie, m'a-t-il semblé, et si elle n'a pas reçu ton éducation, cela m'évitera de paraître trop ignorant auprès d'elle.

Et puis, ajouta-t-il en se rapprochant d'elle et en lui prenant la main, qu'est-ce que l'amour, Ourika ? Le sais-tu, toi qui en parles tant ? Sais-tu ce qu'est l'amour, Ourika, en dehors des livres ? »

Ourika fixa Claude à son tour avec tant d'intensité et de douceur que, s'il avait su déchiffrer ce regard, il eût compris qu'il contenait la meilleure réponse qu'il fût possible de donner à sa question.

Mais il ne pensait qu'à la bonne opération qu'il était en train de faire.

« La marquise , dit-il, estimait que j'étais un peu trop jeune pour m'engager. Mais je ne suis pas assuré, si j'attends trop, de rencontrer une occasion pareille. Nous nous installerons, sitôt après le mariage, dans la propriété que lui a donnée son oncle à Vergennes. Je n'y habiterai moi-même qu'autant qu'il me plaira. Elle y sera parfaitement pour mettre au monde nos enfants ! »

Qui est Claude ? se disait Ourika pendant qu'il parlait. Quel est cet être près de moi, qui tient ce langage ? Se peut-il que je l'ai cru fait du même métal que moi ? Plus vite je le quitterai et plus vite j'irai retrouver le Claude que j'aime !

« Je suis très heureuse pour toi, dit-elle enfin, puisque tu es heureux. Sais-tu pourtant, Claude, que dans les rêves d'Ourika tu tenais un peu de place et que ce que je viens d'apprendre fera un vide dans mon cœur ?

« – Et pourquoi, petite sœur ? s'exclama Claude en se levant, en la prenant par les épaules et en la soulevant de terre dans la nuit. Qui t'empêchera de m'aimer si tu en as envie ? Et moi, ajouta-t-il d'une voix qui tremblait un peu, qui m'empêchera de te revoir comme avant ? Et de plus près qu'avant peut-être ? »

Il se pencha pour l'embrasser. Non pas comme un frère cette fois.

Ourika se déroba, le prit par la main et lui dit adieu.

Elle venait de toucher à l'avant-dernier degré de son humiliation.

*

Elle n'imaginait pas qu'il pût en exister un autre, et qui fût pire.

Il se présenta à peu de temps de là, à peu près au moment où débutait à Versailles, avec la réunion des Etats Généraux, et sans que personne encore le soupçonnât, la révolution la plus considérable et la plus lourde de conséquences que les hommes aient engendré.

On était au début de mai 1789 et Ourika, désabusée, désaxée, la tête vide, ne quittait sa chambre que pour courir les prés et les bois, s'étourdir de vent et de lumière. Elle avait instinctivement cherché à revoir Guillaume. Mais on le lui avait dit occupé, dès qu'il avait un moment, à tenir des réunions dans des granges ou dans des salles communes. Il est en outre probable, se disait-elle, qu'il m'en veut lui aussi et ne pense plus à moi.

Comme par une belle après-midi ensoleillée elle rentrait au château, perdue dans ses pensées, elle aperçut à travers la fenêtre Madame de Mirmont en conversation animée avec son amie, la comtesse de Breteuil. Elle allait passer son chemin en évitant qu'on fît attention à elle, quand elle entendit prononcer son nom à plusieurs reprises. Elle s'approcha de la fenêtre. Et comme elle était largement ouverte et qu'aucune des deux femmes ne tentait d'adoucir le ton de sa voix, Ourika ne perdit pas un mot de leur discussion.

« Je soutiens, disait la comtesse, que c'est principalement par vous qu'elle sera malheureuse. Que voulez-vous qui la satisfasse maintenant qu'elle a goûté aux fruits délicieux que votre société lui a prodigués ?

– Pourquoi ne les goûterait-elle pas encore ? demandait la marquise.

– Parce qu'elle n'est plus une enfant. Et vous refusez de le voir. Elle va sur ses seize ans. A qui comptez-vous donc la marier avec son éducation et son esprit ? Qui voudra jamais épouser une négresse ? Et si, à force d'argent, vous trouvez quelqu'un qui consente à avoir des enfants nègres, ce sera un homme d'une condition inférieure avec qui elle ne pourra qu'être malheureuse. Vous l'avez condamnée à ne vouloir que des hommes qui ne voudront pas d'elle.

– Peut-être avez-vous raison, rétorquait la marquise. Mais Ourika ignore ce que nous savons. Et je compte sur sa sagesse pour se dégager de la fatalité que vous dites ou pour l'accepter avec philosophie.

– Vous vous faites des chimères, s'exclama alors Madame de Breteuil en haussant encore le ton. La philosophie nous place au-dessus des maux de la fortune, mais elle ne peut rien lorsque les lois mêmes de la nature sont transgressées. Ourika par votre faute n'a pas rempli sa destinée. Elle s'est introduite dans notre société sans sa permission. Cette société se vengera.

– Assurément, protesta la marquise, elle est bien innocente de ce crime et vous êtes bien sévère pour cette enfant.

– Je lui veux plus de bien que vous, riposta la comtesse en colère. Je ne recherche que son bonheur. Et vous la perdez ! »

Madame de Mirmont reprit la parole, en s'échauffant et la querelle des deux amies se serait encore envenimée si un gémissement, suivi du bruit sourd d'une chute, ne l'avait interrompue.

Se précipitant à la fenêtre, elles aperçurent Ourika qui venait de s'écrouler à quelques mètres d'elles. Elles appelèrent au secours, la firent transporter dans sa chambre, où on la déposa sur son lit, toujours évanouie.

*

Les jours, puis les semaines, puis les mois s'écoulèrent sans qu'Ourika sortît complètement de la léthargie où l'avait plongée la conversation des deux châtelaines, succédant à toutes les autres déceptions. Aucun des nombreux médecins appelés en consultation n'osa se prononcer. « Nous ne connaissons rien à sa maladie, reconnaissaient avec esprit les plus honnêtes. Donc elle ne devrait pas être malade ! Si elle l'est, malgré notre science, comment voulez-vous que nous risquions un pronostic ? » L'un d'eux eut un jour cette sentence : « Il entre d'après moi, dans l'état de cette jeune fille, plus d'impuissance à vivre que de volonté de se rétablir. C'est pourquoi nous ne pouvons rien pour elle, sauf à vous conseiller de la patience, de la compréhension et de la bonté. Votre protégée ne guérira que si vous parvenez à lui donner les meilleures raisons de guérir. »

Madame de Mirmont fit constamment preuve d'un infini dévouement. Le sentiment de sa culpabilité, ajouté à son affection, la poussa à ne négliger aucun soin, aucun geste, aucune dépense pour essayer de la tirer de là. La comtesse de Breteuil de son côté, qui voyait son amie s'étioler au chevet d'Ourika, multiplia, elle aussi, les visites et les attentions. Jamais les deux vieilles amies ne s'étaient senties aussi complices que lorsqu'elles se penchaient ensemble sur le visage exsangue et comme irréel d'Ourika.

Il eût été impossible en réalité de dire si la jeune fille était morte ou vivante pendant que s'avançaient les jours et les semaines, apportant au château des nouvelles étonnantes dont aucune rumeur ne filtrait jusqu'à la chambre d'Ourika. C'est que la France, en quelques mois, avait fait plus de chemin qu'elle n'en avait effectué en plusieurs siècles. Semblable à une voiture lâchée au sommet d'une pente, elle semblait par moments portée, par sa propre accélération, à des mouvements que personne n'avait commandés. Comme si un destin plus haut la conduisait vers un but connu de lui seul.

Le 20 Juin, au Jeu de Paume, le roi avait cédé à l'assemblée et, s'il se croyait encore roi, en vérité il ne l'était déjà plus. Le 14 juillet, le peuple, entraîné par quelques meneurs, avait pris la Bastille et massacré quelques aristocrates dont il avait brandi les têtes au bout de ses piques. Le 17, Louis XVI dut se parer de la cocarde tricolore. Le 4 août, en quelques heures, à l'instigation des nobles eux-mêmes, l'assemblée constituante promulgua le bouleversement social le plus extraordinaire qu'une nation ait réalisé. En octobre, une nouvelle émeute, conduite par des femmes, assiégea le château de Versailles et ramena la famille royale à Paris.

Au château cependant on ne se troublait pas outre mesure. La marquise et ses amis avaient applaudi aux premiers signes de liberté. Et ils avaient refusé de céder à la panique lorsque le bruit avait couru que des paysans et des brigands attaquaient certains châteaux, ces "40 000 Bastilles", et y mettaient le feu. Des forêts cependant, non loin de Mirmont, avaient été incendiées. Et comme la famine faisait rage, on avait organisé des secours, ouvert le château aux déshérités, prié pour le salut et l'amitié du genre humain.

En juillet, Claude avait épousé Marie au château de Versicourt, mais la fête avait manqué de magnificence et d'allégresse. On respectait des usages, des traditions, des étiquettes, mais le cœur bien souvent n'y était plus.

Au début de l'hiver 89-90 cependant, le pire semblant dépassé, on se reprit à rire et à s'amuser. La mode fut alors de traiter la révolution comme un jouet, une fantaisie, une décoration et d'en faire le motif des bijoux, des vêtements, des tabatières, des chansons. Madame de Mirmont reprit ainsi goût à la vie, d'autant plus qu'elle avait constaté un mieux dans la santé d'Ourika. N'avait-elle pas tenté de se lever et de sourire ?

*

On était au début de décembre. Il avait neigé prématurément. La marquise avait quitté le château pendant quelques jours pour aller rendre visite à Claude et à Marie. Pendant son absence, Guillaume vint au château demander des nouvelles d'Ourika et finit, avec la complicité d'une servante, par accéder à la chambre de la jeune fille.

C'est que ses relations avec la famille de Mirmont avaient bien évolué. Il n'avait pas cessé, pendant que le mouvement révolutionnaire s'amplifiait, de veiller sur Ourika, prostrée, et du même coup sur le château. La marquise lui était profondément reconnaissante d'avoir à plusieurs reprises calmé les paysans des environs et évité tout désordre. « Si tu ne le fais pas pour nous, Guillaume, fais-le pour elle », lui avait-elle dit un jour.

Guillaume cependant n'aimait pas entrer au château. Il n'en analysait pas les raisons, mais ressentait un malaise chaque fois qu'il était accueilli dans le vestibule trop froid qui conduisait aux appartements des hôtes du château. Mais il y avait Ourika, et elle avait peut-être besoin de lui.

Il l'avait entrevue plusieurs fois, mais toujours en présence de la marquise. La pâleur de la jeune fille et son inconscience l'avait touché profondément. Cette fois, quand il s'avança vers elle, il la vit s'éclairer d'un sourire. Il s'assit auprès d'elle et se mit à lui parler. Simplement. Comme si elle était en état de tout entendre.

« C'est de mon chien, Mademoiselle Ourika, que je voudrais vous raconter l'aventure. Mandrin, vous vous souvenez ? Ce bâtard sans foi ni loi, un peu sourd, un peu aveugle, que vous aimiez bien. L'été dernier pour mes dix-neuf ans, mon père m'a donné deux superbes braques, éveillés, roublards. J'en étais plus fier que de mon Mandrin. Ils me suivaient partout. Lui, je le croyais malade, il gémissait dans son coin, trop vieux pour mes longues courses et mes longues jambes. Un soir que je revenais de Verviers où j'étais allé pour une réunion publique, je suis attaqué par trois vauriens à quelques lieues de ma cabane. Je me bats, mais ils sont trop forts. Et mes braques, ces capons, ils déguerpissent. Ils m'ont laissé pour mort jusqu'au milieu de la nuit. Et j'y serais peut-être encore si je n'avais pas été réveillé par Mandrin qui était là, par miracle, et qui me léchait.

Il m'a ramené à la maison. Ce n'était pas lui, l'aveugle ! Mais le lendemain, quand j'ai voulu le remercier, il avait disparu. Je l'ai cherché partout, je l'ai appelé. Avec les deux autres chiens, qui étaient revenus l'oreille basse, nous avons parcouru vainement la région. J'ai pensé un temps qu'il était mort. Mais des traces qui ressemblaient aux siennes étaient visibles, là où j'allais. J'ai fini par comprendre que c'est lui qui me suivait. Comme s'il veillait sur moi. Mais qu'il disparaissait dès que j'allais l'apercevoir.

Un jour tout récemment, je ne l'ai plus cherché. A quoi bon ? Puisqu'il ne voulait pas que je le retrouve. Mais j'ai vendu mes deux braques et je me suis retrouvé seul, à battre la campagne. Seul avec mon cheval. Seul et malheureux.

Alors, brusquement Mandrin est réapparu. Comme s'il n'était jamais parti. Plus fatigué, plus vilain que jamais. Il a repris sa place. Il m'attend dehors. Vous le verrez bientôt. »

Guillaume ne dit rien d'autre. Il se leva, regarda intensément Ourika, puis sortit de sa chambre et du château.

Deux jours après, la marquise, de retour au château, venait de descendre de sa calèche devant la grande entrée lorsqu'elle s'entendit appeler, à voix forte, par sa servante :

« Madame la marquise, venez vite, Mademoiselle Ourika ! »

Elle se précipita, folle d'inquiétude.

Elle trouva Ourika assise dans son lit, en train de se coiffer, qui lui dit simplement :

« Ma mère, j'ai envie de danser ! »

*

Ourika émergea de son cauchemar presqu'aussi vite qu'elle s'y était enfoncée. Comme si la vie tout à coup avait été la plus forte et comme si un vent d'espoir avait tout à coup balayé un vent de mort. De ses longs mois de dépression, elle ne se rappelait presque rien. « Je ne percevais que des ombres, des présences fugitives, confia-t-elle à la marquise. J'étais un fantôme qui accueillait des fantômes. »

Quant à la mémoire des événements qui avaient précédé sa prostration, elle resurgit peu à peu, mais sans leur acuité première, comme il arrive que de vieilles cicatrices rappellent une douleur disparue. Elle demanda des nouvelles de Claude et de Marie, sourit à l'évocation de leur union, souhaita les revoir bientôt. Elle apprit les progrès de la révolution en marche, mais sans émotion excessive. Elle se réjouit avec un sourire mystérieux, de savoir que Guillaume avait désormais ses entrées au château et qu'il lui avait même rendu des visites régulières. Elle rit des incartades de l'abbé, de la peur d'Henri de Fontvieille et même de sa propre anxiété. Vivre n'était-il pas plus important que mourir ?

Au rappel précis de la scène de la fenêtre, elle fut

saisie pourtant d'un vertige. Mais devant le visage affolé de la marquise, elle se reprit et c'est elle qui la consola :

« Nous reparlerons de tout cela sans hâte et sans excitation. Vous direz à Madame de Breteuil que, loin de lui en vouloir, je lui sais gré de sa franchise. Donnez-moi un miroir, ma mère, que je m'assure que je n'ai pas changé de peau. Vous m'apporterez également mon journal, afin que je fasse la connaissance de celle que j'étais. »

Ourika se rétablit si promptement qu'elle avait toute sa vivacité et toutes ses couleurs lorsque les habitants du château s'apprêtèrent à fêter Noël. La paix semblait redescendue sur terre et sourire aux Français de bonne volonté. Claude, accompagné de Marie enceinte, était venu malgré le froid ; et Ourika les avait accueillis avec emballement et avec tendresse. Elle avait revu Guillaume également, un Guillaume transformé, déjà mûr, en qui chaque parole, chaque attitude semblaient lourdes de promesse et d'avenir. L'on n'attendait donc plus, pour célébrer Noël dans la joie, que Louis-Joseph qui avait annoncé son arrivée.

Il arriva en effet, mais on le sentait las, anxieux, irrésolu.

Il embrassa tout le monde et eut, contrairement à son habitude, pour Ourika des mots qui la touchèrent. Il fit de grands efforts pour ne pas gâter la quiétude de la soirée. Mais après la messe de minuit, dite par l'abbé Vendôme, il appela la marquise et Claude et s'enferma longuement avec eux.

Le lendemain, quand le château se réveilla, plus tard que de coutume, Louis-Joseph était déjà reparti et Ourika sut, en observant la marquise, qu'elle avait dû beaucoup pleurer.

*

Il fallut encore à Ourika bien des jours pour réapprendre non seulement à vivre, mais à regarder la réalité en face et à l'affronter.

Ses livres, sur lesquels elle se jeta avec frénésie, les quelques journaux de Paris, qui parvenaient au château, porteurs de nouvelles inimaginables pour qui s'était endormi sous l'Ancien Régime, la manière dont se comportaient les gens qu'elle rencontrait, l'emplissaient d'étonnement, la poussaient à réfléchir et lui suggéraient cent idées nouvelles.

« Dire que j'ai failli mourir, notait-elle dans son journal, et dire que j'ai même souhaité la mort ! Je serais passée stupidement à côté des événements les plus prodigieux...! »

Ailleurs, elle recommençait à s'interroger sur elle-même, mais sans éprouver de terreur, et encore moins de honte, à ne pas pouvoir se fondre dans une société à laquelle elle constatait qu'elle n'avait jamais complètement appartenu.

« J'ai découvert que je n'étais pas comme les autres, écrivit-elle. Il me reste à découvrir que je n'ai pas à m'en affliger. »

Elle avait repris avec Marie des conversations

intimes dont elle ressortait, curieusement, moins abattue que réconfortée. Lorsque Marie, trop grosse, fut incapable de se déplacer, c'est elle qui lui rendit visite au galop d'un cheval qu'elle n'avait jamais eu autant de plaisir à enfourcher. Marie ne gémissait pas, ne larmoyait pas, mais le récit tranquille qu'elle faisait de ses relations avec Claude, les absences répétées de celui-ci, sa certitude qu'il allait retrouver des femmes et qu'il n'avait jamais éprouvé pour elle d'attachement véritable la rendaient encore plus émouvante et pitoyable.

Ourika se gardait de la juger et de blâmer Claude devant elle. Mais quand, au retour, elle bondissait à travers les bois et les chemins creux, offrant son visage au vent et à la pluie, la colère qui l'envahissait à l'égard de celui qu'elle ne pouvait pas s'empêcher d'aimer encore n'était pas exempte de contentement ni de fierté.

Ceux qui rencontraient Ourika maintenant, dans les salons, dans le parc et dans le voisinage, repéraient avec surprise dans son regard une flamme dont ils se demandaient comment elle avait bien pu venir se loger là. Et les entretiens que la jeune Noire eut alors avec ceux qui la côtoyaient, loin d'éteindre cette flamme, achevèrent de lui donner cette intensité dont chacun bientôt allait être frappé.

*

Ourika avait revu la comtesse de Breteuil. Elle n'avait pas hésité, dès leur première entrevue, à mettre

59

les choses au point.

« Je sais, Madame, combien vous avez pris de part à mon accablement en vous imaginant en être la cause. Mais d'abord je n'avais pas à entendre ce qui ne m'était pas destiné. Et puis, ce que j'ai appris de plus sûr, pendant que j'étais seule avec moi-même, est que vous n'aviez en vue que mon intérêt. C'est la vérité de vos paroles que je n'ai pas supportée. Aujourd'hui, je vous remercie d'avoir énoncé cette vérité. »

La comtesse crut, dans l'humilité d'Ourika, discerner précisément ce qu'elle espérait trouver. Elle profita donc d'une autre visite pour pousser son avantage.

« J'aperçois, lui dit-elle, dans la docilité, je dirais même la résignation dont vous faites preuve, des qualités d'âme dont personne ne se réjouit plus que moi. Mais je crains qu'avec l'éducation que vous avez reçue et tous les dons du corps et de l'esprit qu'on vous a aidé à développer, vous ne finissiez par rejeter l'injustice de votre condition. On se lasse de tant de vertus inemployées. »

Madame de Breteuil s'interrompit un instant, regarda attentivement Ourika, puis se leva avant d'ajouter :

« Et le jour viendra fatalement où votre révolte entraînera votre perdition. Car cette société, vous le savez bien, ne vous tolèrera que dans le mesure où vous ne prétendrez pas la contraindre à vous adopter.

– Que faire dans ces conditions ? interrogea Ourika.

– Avez-vous, chère enfant, songé à Dieu ? »

Non, Ourika n'y avait pas spécialement songé. Sa religion allait de soi, mais elle n'en avait jamais escompté de secours exceptionnel. Elle se contenta donc de tourner son regard lumineux vers la comtesse, en attendant qu'elle s'expliquât davantage.

« Vous avez le cœur pur, dit au bout d'un moment celle-ci, mais votre orgueil, pardonnez-moi ma franchise, si vous persistez à demeurer dans le monde, ne vous conduira pas moins aux pires tourments. Dieu vous demandera compte, alors, de votre bonheur. Il vous l'avait confié, qu'en aurez-vous fait ? Au lieu d'accepter le sort et les devoirs qui vous étaient destinés, vous les aurez trahis. Dieu est le but de l'homme, Ourika. Quel a été le vôtre ?

– Le sais-je bien ? demanda la jeune fille.

– Lui seul le sait , dit la comtesse. Priez-le. Il est là, il vous tend les bras. Il n'y a pour lui ni nègres ni blancs. Tous les cœurs sont égaux à ses yeux, et le vôtre mérite de devenir digne de sa miséricorde. »

Elle avait parlé de toute la force de son âme. Et les mots que sa conviction et son désir de convaincre avaient amenés à ses lèvres étaient, croyait-elle, de ceux qui pouvaient le mieux toucher un être aussi fragile et aussi désorienté qu'Ourika.

Mais elle n'eut qu'à regarder la jeune fille pour savoir qu'elle avait fait fausse route. Et qu'il était inutile de poursuivre un débat dans lequel elle était la seule à s'engager.

« J'y songerai, Madame, dit Ourika en se levant.

Entre Dieu et le monde, tel que vous et moi le connaissons, j'examinerai d'abord s'il n'existe rien. »

L'éclair de ses yeux démentait, à ce moment, l'apparente banalité de ses paroles.

*

Les échanges qu'Ourika eut avec la marquise pendant ces mois de convalescence furent beaucoup plus approfondis et beaucoup plus confiants. La femme qu'Ourika avait tant aimée depuis son enfance avait, en peu de temps, beaucoup vieilli. Tout ce qui était certitude en elle sur le bonheur, l'éducation et la sagesse, la fraternité, la condition féminine avait basculé au fur et à mesure des événements. S'entretenir longuement et à cœur ouvert avec Ourika fut l'occasion pour elle de scruter ses idées et ses sentiments et d'en faire, somme toute, le bilan. Un bilan qui, à l'aube d'une révolution, était aussi celui d'une société agonisante.

« J'ai, en premier lieu, raconta-t-elle, été soumise, au sortir de l'enfance, à des hommes que je croyais aimer plus que moi-même et qui, me voyant esclave, abusaient de leur pouvoir et de ma dépendance. Je n'avais pas la force de me rebeller, tant était puissant le sentiment de culpabilité que des siècles de tradition avaient infiltré en moi.

Plus tard, ayant brisé ces liens, je me suis étourdie, pendant une assez longue période, courant d'une curiosité à une autre et d'un plaisir à un autre, sans m'attacher à aucun. J'ai été libertine, jouisseuse, libre d'aimer de tout côté, mais profondément insatisfaite, sans passion, sans obligation et sans but, aussi inutile aux autres qu'à moi-même.

Ce qui m'a sauvée – du moins l'ai-je pensé – c'est d'avoir eu le courage un jour de ne plus cultiver que ma raison en la parant de connaissances solides et diverses. J'ai cru, en agissant ainsi, me réserver autant de moyens d'embellir ma vie, de ressources contre l'ennui, de remèdes à l'âge et à la solitude. Ce sont, me disais-je, des biens dont personne ne peut me dessaisir. Et je répondais allègrement à tous ceux qui prenaient cet enrichissement pour de l'orgueil : « La plus grande vengeance qu'on puisse prendre des gens qui vous haïssent, c'est d'être heureux ! »

C'est avec cette pensée que j'ai tenté de vous élever, Ourika, en vous conformant à mon image et en vous préservant des tourments que j'avais traversés. Vous êtes apparue dans ma vie juste au moment qu'il fallait pour la prolonger et la rendre intéressante. Vous étiez celle que j'aurais voulu être. Celle qui légitimerait mon existence et en qui je pourrais m'effacer, sans un cri.

Ce que je prenais pour de l'humilité, n'était-ce pourtant pas qu'un comble de prétention et d'orgueil ? Qui en dehors de Dieu a le droit de créer un être à son image ?

Après la crise presque mortelle que vous avez subie, la signification même de mes actes s'est trouvée ébranlée. Quels conseils pourrais-je encore oser vous donner ? Quels secours pourriez-vous encore attendre de moi ?

– Il est vrai, lui répondait paisiblement Ourika, que vos bonnes intentions à mon égard n'ont pas eu précisément les effets escomptés. Vous avez surestimé sans doute le pouvoir de votre protection et sous-estimé la puissance de la caste à laquelle, de gré ou de force, vous appartenez. Mais ce que vous m'avez apporté, ne le méprisez pas pour autant. C'est ce qui me permet en ce moment même de vous tenir tête ! Même si nous devions un jour nous déchirer, ce serait avec vos armes que je combattrais. De sorte que vous seriez en droit de tirer de la fierté de votre défaite autant que de votre victoire ! »

Une autre fois, la mère et la fille s'entretenaient des hommes et de leur esprit de domination.

« Nous prétendons être les égales des hommes, disait la marquise, mais nous nous payons de mots. Avez-vous vu comment j'ai dû céder à Louis-Joseph le jour où il n'a pas voulu de votre *Colonie* ? Et que pensez-vous de Claude et de son comportement ? Je connais vos sentiments à son égard. De quelle misère terrifiante auriez-vous payé une union que vous appeliez cependant, j'en suis sûre, de tous vos vœux ?

– A condition, ma mère, que j'eusse supporté sa loi, comme l'a fait Marie. Peut-être eût-il été plus doux si sa femme avait été plus forte. Il n'est que temps, pour les femmes que nous sommes, d'affirmer et d'exiger nos droits.

– En attendant ce jour, celles qui s'y essaient se retrouvent brisées et misérables. Et toutes les théories que nous bâtissons ensemble n'y changeront rien.

– Mais la lutte en elle-même n'a pas que des désagréments ! Elle pourrait même constituer une excellente raison de vivre... »

Il arrivait aussi, de plus en plus souvent, que les événements dont la France était le théâtre fissent le sujet de leur examen.

« Je n'ai jamais voulu, dit un jour la marquise, confier à personne l'angoisse où me plonge la conduite de Louis-Joseph. Lorsqu'il est passé au château la nuit de Noël, il m'a appris sa décision de rejoindre, hors de nos frontières, l'armée des émigrés qui s'apprête à envahir la France ! Il avait, quelques jours plus tôt, essuyé la mutinerie de ses propres soldats et n'avait trouvé à Paris, auprès des autorités les plus hautes, le moindre soutien. Que penser d'un gouvernement qui ne protège plus ses officiers ?

– Etes-vous sûre, ma mère, que Louis-Joseph était résolu à protéger son gouvernement ? »

La répartie avait jailli si spontanément que la marquise, étonnée, regarda Ourika, puis :

– Tu as peut-être raison, dit-elle. Mais savons-nous nous-même où est la véritable autorité ? Quand un pays se partage entre deux fidélités, on peut à son égard redouter le pire.

– A qui me conseillez-vous, ma mère, d'être fidèle ?

– Mon drame est justement de ne pas voir clair là-dessus. J'ai de toutes mes forces souhaité plus de liberté et d'égalité. J'ai été la première à me réjouir de l'abolition de nos propres privilèges. Mais n'était-ce pas une avancée suffisante ? Et le roi, qui a consenti à tout, devrait-il encore concéder quelque chose ? J'ai l'horrible sentiment que la France s'apprête à se déchirer à l'instant où elle devrait enfin se réconcilier. Et la brisure me paraît irréparable entre ceux qui tendent à revenir en arrière et ceux qui brûlent d'aller encore beaucoup plus loin. »

Ourika, sur ce sujet, refusait de s'engager. Le moment n'était pas venu. Elle écoutait la marquise, elle écoutait l'abbé, elle écoutait Fontvieille et tous les hôtes du château. Elle écoutait surtout Guillaume qui était son ami redevenu.

*

Guillaume n'avait pas perdu son temps depuis le début de la révolution. Il avait d'abord participé, avec d'autres paysans, à la rédaction des Cahiers de revendication envoyés par sa province à Versailles. Il avait vibré aux victoires du peuple et de la nation. Mais comme il était ennemi du sang versé inutilement, il avait, au moment de la grande peur, empêché les excès auxquels certains de ses amis voulaient se livrer. Il savait le château de Mirmont plutôt favorable à sa cause ; et puis il y avait Ourika qui en protégeait ainsi, sans le savoir, l'intégrité.

Pendant la maladie de la jeune fille, il avait donc veillé sur elle, de loin. Et l'on sait dans quelles conditions il avait, à plusieurs reprises, pu la voir et lui parler.

Mais quand elle revint à elle et qu'il se présenta au château, il comprit, à de certaines mines, que sa présence n'y était plus tellement désirée. Sa susceptibilité constamment en éveil lui interdit de mendier une faveur qui ne lui apportait du reste aucune satisfaction. Et c'est dans la campagne voisine ou dans un abri que s'était constitué Guillaume en pleine forêt qu'il retrouvait Ourika.

« La noblesse est incorrigible, lui disait-il. Elle refuse de comprendre que la roue a tourné. Et quand un roturier comme moi fait un pas vers elle, au lieu de l'accueillir comme un ami, elle le repousse avec mépris. Elle n'aura finalement que le sort qu'elle mérite. »

Ourika l'écoutait avec un plaisir qui l'étonnait elle-même. Elle aimait sa conviction, son enthousiasme, sa franchise. Elle n'avait pas, jusqu'à ce moment, saisi l'ampleur du mouvement révolutionnaire ni admis qu'il pût la concerner personnellement.

« Citoyenne , s'exclamait en riant Guillaume, citoyenne, vous ne raisonnez pas logiquement ! Vous souffrez mille morts d'appartenir à une classe qui vous rejette. Et lorsque des hommes, généreusement, se lèvent pour briser vos chaînes et construire une société à vous, pour vous, vous les ignorez. C'est tout juste si vous n'êtes pas avec leurs ennemis. »

Ourika riait aussi, mais écoutait Guillaume.

« Savez-vous, lui dit-il un jour en la retrouvant au milieu d'un champ de coquelicots et en la saluant avec cérémonie, savez-vous que l'Assemblée vient de voter l'émancipation des Noirs ? Oui, citoyenne, à partir d'aujourd'hui, vous n'êtes plus l'esclave de personne.

Mais quelqu'un a-t-il le droit d'être mon esclave à moi ? » demanda Ourika.

Et quand elle vit Guillaume rougir, raidi dans son élan, elle comprit que son ironie ne devait pas franchir certaines limites.

*

C'est avec Guillaume en tout cas, dans la paix enivrante d'un nouveau printemps, qu'Ourika réapprit le goût de vivre. Avec qui d'autre aurait-elle pu être si joyeusement elle-même et se livrer avec autant de liberté ? Elle était jeune, gaie, ouverte avec lui, allant sans transition de la curiosité à la plaisanterie, et de la fantaisie à l'émotion.

Elle insistait pour qu'il lui parle encore de ce qu'il savait de Paris, de l'Assemblée, du roi, des émigrés, des droits de l'homme.

« Et des droits de la femme, en parle-t-on ? »

Elle le déroutait avec sa soif de tout connaître, avec sa vivacité d'esprit, avec son jugement à la fois profond et naïf. Il s'embrouillait un peu dans ses explications, mélangeait la Constituante et la

Constitution, la nationalisation des biens du clergé et la constitution civile des prêtres. Mais sa passion était si sincère, si limpide, qu'elle emportait tout.

« Je vois bien que je suis un âne, lui disait-il quand elle le pressait de questions. Comment pouvez-vous réclamer un âne pour vous instruire ? »

Elle le rassurait, le flattait, jouait, mais sans excès, avec ses sentiments.

« Je n'ai à vous offrir que mon bon sens, lui dit-il un jour. Mais vous pouvez faire avec lui tout ce que bon vous semble. Monter dessus, le caresser ou le battre. Ou même l'emporter dans votre beau château, si vous voulez... »

Pour le moment, le bon sens de Guillaume, sa discrétion, sa fidélité suffisaient à Ourika.

« Un jour peut-être, lui confia-t-elle un beau soir alors qu'ils allaient se séparer, j'aurai quelque chose de plus important à te demander.

– Je vous obéirai, vous le savez bien.

– Même si je te demande de m'enlever ? »

Il la regarda, médusé. Mais de la main elle lui ferma la bouche.

« Oublie cela. Un jour peut-être... »

Guillaume, ce soir-là, en la quittant, lui serra le poignet très fort, s'approcha pour l'embrasser, la tint serrée contre lui.

Elle céda un instant, puis se déroba.

« Un jour peut-être, Guillaume... »

*

69

Elle ne croyait pas que ce jour viendrait si tôt.

A l'approche de l'été 1790, Ourika se sentait de moins en moins à l'aise au château. Elle avait appris que Louis-Joseph avait envoyé de ses nouvelles, mais personne n'avait daigné lui en révéler le détail. Des conciliabules se tenaient ça et là, qui s'évanouissaient dès qu'elle approchait. Savait-on qu'elle fréquentait assidûment Guillaume et la tenait-on pour suspecte à cause de cela ? Seule, la marquise de Mirmont restait naturelle avec elle, mais elle semblait anxieuse, préoccupée et se perdait de moins en moins en confidences. Claude, lui, était passé à plusieurs reprises au château, mais il avait perdu son arrogance et même sa bonne humeur. On chuchotait qu'il jouait trop fort et qu'il ne venait rendre visite à sa grand-mère que pour quémander de l'argent. Il n'échangeait que quelques phrases banales et maladroites avec Ourika, qui le regardait s'éloigner le cœur gros.

Elle, Ourika, cependant ne s'était jamais sentie aussi solide, aussi pleine de sève, de vitalité. « Quelque chose m'arrivera bientôt, écrivait-elle dans son journal. Sera-ce le jour de mes dix-sept ans ? »

Au début du mois de juin précisément, la marquise appela Ourika et lui fit part d'un grand projet. Elle avait envie d'organiser une fête où l'on célèbrerait tout à la fois l'anniversaire de la jeune fille, celui de Claude et la grande réconciliation des Français.

« Mais comment savez-vous, Madame, que les Français se réconcilient ?

– Tout le monde l'affirme. Et d'abord ces fédérations de communes et de provinces dont on nous rebat les oreilles. Une messe doit être célébrée le 14 juillet à Paris en présence du peuple, du roi et de la reine. Pourquoi n'anticiperions-nous pas sur un tel jour ? »

Ourika ne dit ni oui ni non, mais en parla dès le lendemain à Guillaume.

« J'ai décidé d'aller moi-même à Paris avec les fédérés, dit-il. Ce sera vraiment la dernière chance d'unir les Français.

– Viendras-tu au château pour mon anniversaire, si je t'y convie ? »

Guillaume fit la moue. Il s'était juré de ne plus y retourner. Mais que pouvait-il refuser à Ourika ?

« Seulement, dit-il, si j'y suis invité dans les règles. Non, si l'on condescend à me recevoir. »

Elle en parla à la marquise, qui lui donna son accord.

Il s'agissait décidément bien d'une réconciliation.

*

Le jour de la fête arriva, et le château resplendissait comme au temps de sa splendeur. On avait récuré, lavé, nettoyé les murs, les fontaines, les bosquets. On avait décoré le parc et les salons. La chaleur, toute la journée, avait été si accablante qu'on s'interrompait à tout propos pour s'asperger d'eau froide. On entendait rire, plaisanter, chanter comme naguère. Claude et Marie – dont l'enfant était né quelques mois plus tôt – étaient arrivés dans l'après-midi et Ourika avait enlevé la jeune femme pour la conduire dans sa chambre, l'aider à se rafraîchir et bavarder, bavarder. Oui, la soirée serait réussie. Oui, tous les parents et amis de la marquise seraient là, même les plus lointains. Seul, serait absent Louis-Joseph, hélas ! Guillaume ? Il allait bien, il était merveilleux. Et il viendrait ! Oui ! Tous les hommes n'étaient-ils pas égaux ?

En fin de soirée, quand furent annoncés les premiers invités, Ourika mettait la dernière main à sa toilette. Elle voulait être aussi belle qu'elle était heureuse. Puisque tout le monde était heureux ! Elle hésita un moment sur un décolleté. Avec sa peau noire, le plus profond ferait merveille. Mais elle ne voulait choquer personne. Elle choisit le plus décent.

En descendant vers le perron, elle aperçut la marquise, fit la coquette, se laissa admirer, l'embrassa, puis lui dit joyeusement :

« Je suis si heureuse, Madame ! Je serai, ce soir, votre fille dévouée et reconnaissante. Il n'est rien que je ne fasse pour vous être agréable. Mais , si vous le voulez bien, j'irai guetter l'arrivée de Guillaume. Je crains que tant de monde ne l'effarouche un peu. »

Elle aperçut une ombre d'anxiété dans les yeux de la marquise.

« Vous avez l'air ennuyé, ma mère. Ai-je dit quelque chose de fâcheux ? »

La marquise entraîna Ourika à l'écart et, très vite,

lâcha :

« Guillaume n'a pas été invité. »

On eût dit qu'Ourika venait d'être piquée par un serpent.

« Pas invité ? Vous avez fait cela ?

– Oui, et je n'ai pas osé te le dire. Tout le monde m'a fait comprendre que sa place n'était pas ici. »

Ourika ne dit pas un seul mot. Elle eut pour la marquise un regard que celle-ci ne devait jamais oublier. Puis elle lui tourna le dos et remonta dans sa chambre. Assise devant son miroir, on eût dit qu'en se contemplant elle contemplait un désastre. C'était comme si venait de s'écrouler la dernière illusion qui la rattachait à son enfance.

Mais, cette fois, elle ne s'évanouirait pas.

Cette fois, elle ne se soustrairait pas à ce qu'elle avait à faire.

*

La marquise était parfaitement consciente des conséquences que pouvait avoir sa lâcheté. Elle connaissait Ourika mieux que personne. Et savait qu'elle ne faiblirait pas.

Pendant un long moment, elle s'astreignit pourtant, comme si de rien n'était, à recevoir, en compagnie de Claude et de Marie, les invités, en robes ou en habits de gala, qui se pressaient à sa porte. Elle eut pour chacun les mots qui convenaient, fit des présentations, oublia son inquiétude.

Mais lorsque tout le monde fut arrivé et qu'elle se dirigeait vers l'intérieur, alors que la réception battait déjà son plein, le spectacle qui lui sauta aux yeux l'immobilisa et l'emplit de terreur.

Dans un angle du grand salon, violemment éclairé par les lustres, Ourika, debout, face à un groupe d'hommes et de femmes, lui parut quasiment nue.

Ses épaules, son dos et la presque totalité de sa poitrine étaient découverts et comme offerts à la foule. Pour toute parure, sur son bras nu, étincelait son bracelet noir. Et ses longues jambes fines se devinaient sous sa robe transparente.

Et sa voix claire et frémissante prononçait :

« Oui, je suis noire et femme, ne le saviez-vous pas ? Ceux qui l'ignoraient peuvent approcher. Ils peuvent même toucher, s'ils en ont envie ! »

On reculait. On hésitait. On chuchotait. On se regardait. On prenait des airs scandalisés ou dédaigneux.

« Vous m'avez bien vue ? ajoutait Ourika. Vous m'avez vue telle que la nature m'a faite. On n'a pas appris, là où je suis née, à cacher, à mentir, à feindre. On se montre tel que l'on est. Vous m'avez bien vue ? Je vous prie maintenant de m'écouter... »

Un mouvement de curiosité rapprocha les têtes. Un grand cercle se dessina autour de la jeune fille. Elle n'avait jamais été si calme, si fière, si resplendissante. Statue noire, vivante et nue de vérité et d'orgueil.

Elle dit :

« Ecoutez. Je viens d'avoir dix-sept ans. J'ai

74

passé ces dix-sept années à croire en vous. A espérer de toutes mes forces qu'il me serait possible de croire en vous. On m'avait donné vos livres, appris vos gestes, inculqué votre savoir. Et j'avais cru qu'ils disaient vrai puisqu'ils ne parlaient que de raison, d'égalité et d'amour. M'avez-vous répété sur tous les tons que les hommes étaient égaux, que les races étaient égales ? Et que les femmes valaient les hommes ? M'avez-vous convaincue de votre grandeur d'âme, de votre générosité, de votre tolérance ? Et ce soir devait être celui de la réconciliation, de la fête, de la liberté.

Je l'ai cru. Je l'ai cru jusqu'au bout. Naïvement. Désespérément. Parce que la confiance était en moi plus tenace que le mépris. »

Elle était superbe, forte d'une indignation dont elle ne se serait jamais crue capable.

« Je sais maintenant, dit-elle en étendant les bras, que vous m'avez trompée. Tous. Vous. Vous. Vous. Je sais que vos mots mentaient, que vos livres mentaient, que vos façons mentaient. J'en suis comme ressuscitée ! Maintenant enfin je sais que je ne suis pas des vôtres. »

Quelqu'un ricana :

« Pourquoi avoir attendu si longtemps ?

– Parce que j'étais crédule, parce que j'étais sincère, parce que je n'avais pas compris que les dés étaient pipés. »

Une autre voix d'homme s'éleva :

« Si tu me l'avais demandé, je t'aurais prévenue ! Le tort de ceux qui t'ont tout donné a été précisément de croire à ton innocence. Comment auraient-ils supposé qu'ils nourrissaient un serpent ? »

Ourika s'avança d'un pas, éclatante :

« Pourquoi avez-vous attendu si longtemps pour arracher vos masques ? Puisque je demeurais une esclave à vos yeux, pourquoi ne pas me l'avoir beuglé plus tôt ?

– Laissez-la, vous voyez bien qu'elle divague !

– C'est une ingrate ou une inconsciente.

– Laissez-la à sa mangeoire !

– Que voulez-vous attendre d'une négresse ! entendait-on çà et là. »

Ourika, d'un geste, rétablit miraculeusement le silence.

« Ecoutez-moi une dernière fois. Personne n'osera vous dire ce que je vais vous dire en face. Mais vous vous en souviendrez un jour. Le sort qui vous attend, le sort terrible que le peuple vous prépare, c'est vous, et vous seuls, qui l'aurez choisi. Vous seuls serez vos bourreaux. Des bourreaux qui n'auront pas pitié ! »

C'en était trop. On éleva le ton. On injuria la jeune fille. Certains même durent s'interposer entre elle et ceux qui la menaçaient.

Elle les observa, froidement, paisiblement, traversa leurs rangs immobiles et regagna sa chambre.

On apercevait dans les yeux effarés de la marquise – qui avait suivi toute la scène sans mot dire – autant de détresse que d'admiration.

Ourika ne s'abandonna pas un seul instant. Elle ferma sa porte, respira profondément, puis ouvrit une armoire, y prit un grand sac et commença à y entasser des vêtements.

Et puis brusquement, en considérant mieux ce qu'elle était en train de faire, elle se ravisa. Elle n'emporterait rien. Elle partirait du château nue, comme elle y était arrivée.

Son bracelet bien sûr. Un manteau pour s'envelopper. Et des chaussures plus solides que ses souliers de bal.

Elle eut un dernier regard, serein, pour le décor de son enfance. Elle avait failli oublier son journal. Quelle catastrophe ç'eût été !

Elle sortit doucement et, par les communs, gagna le parc et la campagne. Elle savait où elle allait. La nuit était brûlante. Elle n'eut pas un instant d'hésitation.

*

Guillaume couchait nu dans sa cabane, mais il ne dormait pas. La chaleur. Son prochain départ pour Paris. Et la pensée d'Ourika, obsédante, qui devait s'amuser dans ce château où l'on n'avait pas voulu de lui.

Quand elle poussa la porte et qu'il l'aperçut, comme une ombre, à peine éclairée par un rayon de lune, il devina qu'elle souriait.

Elle ne mit qu'un instant à se déshabiller et à s'étendre près de lui.

Il la contempla avec ses mains plus qu'avec ses yeux.

Il la prit doucement avec autant de respect que d'amour. Elle se donna sans la moindre réticence.

Ils dormirent, délivrés.

Il se releva dès l'aube, la regarda dormir, la couvrit, puis sortit et sella deux chevaux.

Quand il revint, elle dormait encore.

Il la réveilla tendrement. Et ce fut une espèce de naissance.

Ils déjeunèrent d'un rien, montèrent à cheval et galopèrent en prenant soin d'éviter le château.

Il ne leur fallut que trois jours pour gagner Paris.

Deuxième partie

Paris, ce fut d'abord un éblouissement. Ils s'y aimaient. Ils étaient libres. Ils n'avaient jamais connu de ville véritable. Tout leur était neuf, insolite, exaltant. Cette cité multiple, renouvelée, vivante. Et leur amour multiple, renouvelé, vivant.

Guillaume s'étant muni de tout ce qu'il possédait d'économies, ils s'étaient installés dans une petite pension de la rue Haute Feuille, non loin de la Seine et de la Cité. Le quartier était calme, plein d'ombres et de vieilles pierres. Il convenait à leur tendresse et à leur simplicité.

On était en juillet 1790 et les Parisiens n'avaient en tête que la fête de la Fédération, organisée en l'honneur du premier anniversaire de la prise de la Bastille. Ils s'y étaient, sans considération d'âge, de sexe ni de catégorie sociale, passionnément engagés et ils se bousculaient avec leurs pelles, leurs bêches, leurs brouettes, pour transporter au Champ-de-Mars la terre et les mottes de gazon qui édifieraient le théâtre en plein air de la réconciliation française. Ourika était frappée par l'enthousiasme et la gaîté de ces hommes et de ces femmes, bourgeois, aristocrates, ouvriers, prêtres, tout heureux de bâtir ensemble, littéralement, la France nouvelle.

Le spectacle de la rue ne cessait de l'enchanter. C'était, un jour, le passage d'une charrette que l'on traînait à bras, dans laquelle s'étaient hissés un capucin et une jeune femme souriante. On leur criait de s'embrasser, ce qu'ils faisaient avec légèreté et hardiesse. On insistait : « Bis, bis » et ils recommençaient. Et les gens battaient des mains et disaient bravo.

Un autre jour, Ourika et Guillaume aperçurent, de loin, le cortège des nègres de Paris qui s'étaient rassemblés pour aller travailler, eux aussi, au Champ-de-Mars. Ils se rapprochèrent, médusés. La foule, curieuse elle aussi, observait ces hommes et ces femmes de condition modeste, presque tous serviteurs de maîtres venus des colonies et qui marchaient paisiblement, dans le soleil, en chantant.

Ourika eut, un instant, le réflexe de se joindre à

eux, de faire corps avec eux. Mais quelque chose la retint. Elle serra la main de Guillaume et elle les regarda s'éloigner, immobile, muette, troublée, près de son amant, qui ne disait rien.

Ils allèrent ensemble, en se promenant, admirer les travaux du Champ-de-Mars, avec ses autels, ses charpentes, ses arcs de triomphe et son pont de bateaux sur la Seine. Dans les allées s'étaient dressées à la va-vite des boutiques de planche et de toile, des guinguettes, des cantines, des baraques. Paris s'était grossi de la province et de l'étranger. On logeait chez l'habitant. On fraternisait. Les uniformes et les épaulettes des gardes étincelaient. Guillaume et Ourika, main dans la main, observaient, s'étonnaient, riaient, aidaient, répondaient aux questions, aux moqueries. Leur couple surprenait, mais ne scandalisait pas. Ils allaient ainsi, d'un spectacle à un autre, d'une découverte à une autre ; et ils étaient eux-mêmes spectacle et découverte.

Le grand jour arriva et il pleuvait. Mais rien ne pouvait ternir l'éclat d'une cérémonie qui se voulait à la fois rassemblement, paix sociale et ordre nouveau. On défila par députation. On célébra une messe et on bénit les drapeaux. Sur les gradins en amphithéâtre, une foule immense regardait, applaudissait, festoyait, était émue. La Fayette prêta serment à la Nation, à la Loi, au Roi. La foule reprit ses paroles. Louis XVI les répéta également. On acclama le roi, la reine et le dauphin.

Ourika remarqua, une fois encore, le rôle que

81

jouaient les femmes dans ces événements. Egal à celui des hommes. Comme si le rapprochement des sexes accompagnait celui des classes sociales. "Les femmes, avait-elle lu dans *Les révolutions de France et de Brabant*, sont plus fières de la brouette patriotique que de leurs drapeaux et de leurs plumes. "

Dans un coin du Champ-de-Mars, sur une petite estrade, elle découvrit une poignée de citoyennes patriotes, toutes vêtues de blanc, cocarde et ceinture aux couleurs de la nation, un bouquet de fleurs à la main. Elles étaient précédées d'une flamme portée par une jeune fille.

Sur cette flamme, une devise qu'Ourika adopta aussitôt : " Plus de courage que de force. "

*

"J'aime Paris et j'aime Guillaume", avait noté Ourika dans son journal, peu de temps après son arrivée dans la capitale. Derrière ces mots, les pages étaient restées blanches, très longtemps.

Elle aimait Paris parce qu'elle s'y perdait. Et du même coup s'y retrouvait. Quelques semaines avaient suffi pour qu'elle se demande comment elle avait pu vivre ailleurs tant d'années. Lorsqu'elle se promenait avec Guillaume ou, de plus en plus souvent, seule, nul ne semblait vraiment s'intéresser à elle. Les enfants lui souriaient. Les femmes l'observaient avec insistance, mais sans animosité. Et les hommes n'osaient que très rarement lui adresser la parole. Sa singularité même semblait la protéger en tissant autour d'elle un voile de mystère. Elle noua ainsi très vite avec Paris une complicité dont elle se reprocha de n'avoir jamais supposé qu'elle pût exister. Ici, sans doute, se disait-elle, ne suis-je pas encore arrivée chez moi, dans cette Afrique inconnue vers laquelle tend inconsciemment une part de moi-même ; mais du moins ai-je le sentiment de n'être pas en exil. Paris est une clé, une voie, pensait-elle.

Quant à la révolution, où se trouvait-elle ? Ourika souvent se le demandait. On avait pris, un an plus tôt, la Bastille. On avait démantelé les privilèges et obligé le roi à reconnaître, au-dessus de lui, la nation. Mais il lui semblait que ces bouleversements avaient eu lieu sans changer quoi que ce fût à la vie quotidienne des Français. Après l'effervescence du 14 juillet, Paris, pendant une semaine, avait multiplié les banquets, les bals, les guirlandes et les illuminations. Puis les Fédérés avaient quitté la capitale et l'on s'était retrouvé entre Parisiens. Le travail avait repris ; les restaurants, les échoppes, les églises, les théâtres avaient été rendus à leurs habitués. Dont Ourika avait l'impression d'avoir depuis toujours fait partie.

Elle aimait Guillaume naturellement. Parce que, sans sa chaleur, elle ne serait sans doute pas vivante. Parce qu'il était la force, l'équilibre, la bonté. Parce qu'il savait tout sans l'avoir appris. Parce qu'il n'existait personne d'autre à qui se confier. Guillaume allait de soi, comme cette ville qui baignait leur bonheur.

Elle ne se rendait pas compte, Ourika. Elle ne

s'apercevait pas que Guillaume, contrairement à elle, n'était pas assorti à la grande ville. Il s'y sentait embarrassé, contraint, trop fruste pour les uns, trop entier pour les autres. Il avait cherché, pour plaire à Ourika, à s'y adapter. Mais c'était au-dessus de ses forces et de ses moyens. Ses champs, ses bêtes, son père le réclamaient d'ailleurs avec de plus en plus d'insistance. Il n'avait quitté la terre, la famille que pour suivre un moment les Fédérés. Que tardait-il à revenir ? Il ne songeait tout de même pas à s'établir à Paris, et avec une fille du château !

*

L'été s'achevait lumineusement ; et leurs chemins, sans qu'ils le sachent, étaient en train de s'écarter imperceptiblement.

Pendant que Guillaume, sans le lui dire, s'efforçait de gagner un peu d'argent en rendant çà et là de menus services, Ourika visitait des musées, entrait dans des bibliothèques, écoutait des concerts ou parcourait sans se lasser les trottoirs, les monuments, les jardins de Paris. On la saluait maintenant dans son quartier. On s'habituait à son étrange composé de familiarité et de distinction.

Un soir qu'elle revenait, rouge d'excitation, d'une véritable excursion dans les tours de Notre-Dame, elle aperçut Guillaume qui l'attendait, assis sur la marche d'une fontaine, comme il le faisait, quelques mois plus tôt, au bord d'un champ. Il avait à lui parler. Ils allèrent sur les quais de la Seine. Ils marchaient en regardant le soleil culbuter du côté des Tuileries.

Il lui dit tout à trac ce dont elle n'avait jamais osé prendre conscience. Ses ressources s'amenuisaient. Les quelques sous qu'il gagnait en déchargeant des caisses ou en coupant du bois bientôt ne leur suffiraient plus. Et puis la vie de Paris ne lui convenait pas. Il finirait par s'aigrir ou par se laisser aller. Et c'est elle qui en souffrirait. Enfin il sortit de sa veste une lettre qu'il venait de recevoir de son père. Il ne lui avait pas parlé des précédentes. Cette fois, il ne pouvait plus reculer.

Elle fut stupéfaite et accablée. Comment avait-elle pu par égoïsme ignorer les tourments de Guillaume ? Comment avait-elle pu, dans son euphorie, méconnaître à ce point la réalité ?

« Reste avec moi, Guillaume, s'écria-t-elle d'abord. Reste. Tu m'es plus indispensable que moi-même. Je travaillerai, tu verras. Pour nous deux ! »

Elle n'eut qu'à lever les yeux vers lui pour se convaincre que ça n'était pas la solution.

« Alors tu veux t'en aller, quitter Paris, c'est ça ? Tu veux me quitter ? »

Elle avait infiniment de peine à rejoindre la logique des choses.

« Tu veux que je reste seule à Paris ? »

Lui avait depuis longtemps examiné chaque hypothèse.

« Non, dit-il doucement. Je préfèrerais te ramener chez moi. Et que nous vivions ensemble, au pays. Mais toi, Ourika, toi, le veux-tu ? »

Elle eut froid subitement. C'était vrai. C'était à elle de décider. Guillaume le savait depuis le commencement.

Il reprit sérieusement les données du problème :

« Je sais à coup sûr maintenant que je ne m'habituerai jamais à cette ville. Et que, si j'y reste pour toi, nous finirons par nous détester. L'autre solution est que nous repartions ensemble. Et que tu reprennes ta vie au château. Ou bien ailleurs, dans une maison que je te bâtirai... »

Elle le laissait parler, sans s'arrêter un seul instant à la valeur de ses paroles. Elle ne retournerait jamais au château et ne vivrait pas davantage dans une masure, au milieu des bois. Il le savait aussi bien qu'elle, et les mots qu'il prononçait étaient sans importance. Le bon sens de Guillaume et son honnêteté tiraient dans le même sens que les désirs et la volonté d'Ourika. Et ils étaient fondamentalement si bien faits pour se comprendre qu'ils étaient en train de s'accorder, sans mot dire, sur l'infaillibilité de leur séparation.

« Je voudrais tant te ramener, insistait-il.

– Comment pourrais-je te perdre ? » répétait-elle.

Mais leur résolution était déjà plus forte que leurs regrets.

Ils rentrèrent dans la nuit tombée. Tristes à mourir. Et pourtant résolus à poursuivre l'un sans l'autre.

« Ecoute, lui dit-il plus tard, avant de s'endormir, je partirai demain. Mais je reviendrai dès que je le pourrai. Et nous y verrons plus clair. »

Il lui laissa tout l'argent qu'il lui restait, la recommanda à la pension où ils logeaient, acquitta plusieurs semaines d'avance. « Je reviendrai », répéta-t-il.

Il partit. Elle était effondrée, déchirée, mais en même temps exaltée. Par tout ce qui s'offrait à elle tout à coup. Par ce vide immense devant elle qui la subjuguait.

S'étaient-ils séparés par amour ou par manque d'amour ?

Les gargouilles de Notre-Dame, qui s'étaient penchées sur leur entretien, en disputèrent plusieurs jours.

*

Seule à Paris, Ourika constata à sa vive surprise que Guillaume ne lui manquait pas tellement. Elle s'en voulut un peu et s'interrogea lucidement. Elle conclut sur son goût de l'indépendance. Et sur son insatiable curiosité. « Tout me tente, nota-t-elle, et rien ne m'attache. » Elle était follement éprise de liberté.

Et comme Guillaume lui avait promis de revenir, Ourika n'eut aucun scrupule à vivre comme s'il était là. Elle n'avait besoin de personne pour aller et venir, s'étonner de tout et de rien, sage, réservée, mais constamment aux aguets, déchiffrant Paris et les Parisiens comme auparavant elle déchiffrait ses livres, s'efforçant d'avoir sur tout des idées qu'elle ne partageait avec personne. Elle écoutait, observait, mais ne se liait pas. Comme si sa timidité déteignait.

Guillaume se faisait attendre. Il lui avait écrit, envoyé un peu d'argent. Elle avait répondu en le rassurant.

Un jour d'automne qu'elle se promenait seule, sur les boulevards, elle s'entendit interpeller : « Ourika, ça alors ! » Elle se retourna : « Charlot ! » C'était l'ancien précepteur de Claude. Elle n'avait jamais aimé sa paresse et son cynisme. Mais elle fut ravie de le rencontrer. Il l'entraîna dans un café où tout le monde avait l'air de le connaître. Ils bavardèrent longuement. Elle ne lui dit qu'une partie de la vérité. Lui, à Paris, faisait "des affaires " et semblait à l'aise. C'était vague. Il la pressa de le revoir.

Elle l'oublia un peu, puis un jour qu'elle passait au même endroit, elle entra dans le café où il l'avait emmenée. Il ne s'y trouvait pas. Elle l'attendit un moment et allait s'éloigner quand il arriva, une fille au bras. Il la lui présenta. Elle s'appelait Eve. Elle était trop maquillée.

Ourika ne comprit pas tout de suite à quel genre d'affaires se livrait Claude Lesage. Quand elle s'en avisa, il était presque trop tard. Lui, très vite, avait flairé le parti qu'il pouvait tirer de la naïveté et de la solitude d'Ourika. Il l'invita à plusieurs reprises, lui fit de petits cadeaux, paya une dette qu'elle avait. « Tu me rembourseras quand tu pourras. »

Puis – l'hiver approchait, elle avait besoin de vêtements chauds – il lui avança encore de l'argent. Enfin brusquement un matin il fit irruption dans la pension où elle logeait et lui réclama tout ce qu'il lui avait prêté. « Demain, si tu n'as pas cette somme, c'est à la police que tu auras affaire. »

Comment pouvait-elle s'en tirer ? Sa logeuse elle-même lui réclamait un loyer impayé. Guillaume était loin et il avait déjà tant fait. Les relations modestes qu'elle avait acquises dans le quartier n'étaient pas capables de lui venir en aide. Elle passa une nuit atroce, envisagea de fuir. Mais pour aller où ?

Le lendemain matin, elle décida de prendre le taureau par les cornes et se rendit chez Charlot. Elle ne pouvait pas lui rendre son argent, mais elle était prête à en gagner. « Bien . Viens ce soir . On verra ce qu'on peut faire. »

Le soir, dans le passage Saint-Guillaume, près du Palais-Royal, là où Charles lui avait donné rendez-vous, Ourika sut ce qu'il attendait d'elle. Elle était, avec sa peau noire, son allure, son charme, sa beauté, une proie idéale. La pièce la plus somptueuse au tableau du proxénète.

Il l'accueillit avec précaution et gentillesse, la présenta à des amis, la poussa à boire et lui expliqua avec simplicité et minutie l'activité de ce qu'on appelait alors dans Paris des *marcheuses*, des *raccrocheuses*, des *boucaneuses* et, plus précisément au Palais-Royal, des *castors*. Charles, dans le panorama qu'il brossait des vingt mille prostituées de Paris, indiquait les différences, établissait les hiérarchies, distinguait des élites comme dans la société ordinaire. Dans ce Palais-Royal qui était comme leur royaume, on appelait *demi-*

castors celles qui se promenaient sous les galeries de bois et les petites allées du jardin, *castors*, les habituées des grandes galeries, et *castors fins*, celles qui proposaient leurs services sur la terrasse du Caveau. Il était intarissable sur les goûts, les caprices, les tenues, les résidences de ces "Vénus" dont, à l'entendre, Paris devait être fier. Où Ourika se sentirait-elle plus à l'aise ? Pourquoi ne ferait-elle pas un essai dès ce soir ? Charlot, pour atténuer ce que sa proposition avait de choquant, en parlait comme d'une affaire sérieuse, intéressante, dont seule une femme intelligente, cultivée et libérée pouvait apprécier la qualité. Sa brillante éducation ne la plaçait-elle pas au dessus des préjugés et du scandale ?

Ourika l'écoutait avec stupeur, mais sans oser montrer son affolement. Comme s'il y avait de la honte à paraître choquée. Mais, subitement elle n'y tint plus. Elle se leva, salua rapidement, se précipita au dehors et se mit à courir en traversant la Seine, obsédée par cette pensée confuse qu'en prêtant l'oreille plus longtemps aux propos de Charles et de ses amis elle aurait fini par ne plus trouver leur projet tout à fait inconcevable.

Elle se barricada dans sa chambre, pria, reprit son souffle et son équilibre.

Deux jours passèrent, qui lui redonnèrent du courage. Peut-être Charles n'oserait-il pas revenir à la charge. Et, s'il revenait, elle avait décidé de se battre, jusqu'au bout.

Le troisième jour, on frappa à sa porte. Elle ouvrit, toutes griffes dehors.

Ce n'était pas Charles. C'était Guillaume. Souriant, naturel, fidèle à lui-même.

Elle se jeta dans ses bras et lui raconta son aventure.

Il la regarda comme lorsqu'elle avait dix ans.

*

« Si j'ai bien compris, je suis revenu à temps. Maintenant, nous allons nous occuper de toi. »

Il s'était levé le premier, comme d'habitude. Et il la regardait s'éveiller avec cette tendresse inusable qui l'émerveillait tout en la remplissant d'un vague remords.

« Nous avons deux choses à faire, reprit-il. D'abord en finir avec Charles. Puis savoir ce que tu vas devenir. D'accord ? »

Tout était évident quand il était là.

Charles d'abord. Ourika lui expliqua où il le rencontrerait. Guillaume partit seul, un gros bâton à la main. Lesage n'insista pas outre mesure. Dénoncé par Guillaume, il aurait connu les pires ennuis. Il passa donc sur la dette d'Ourika et promit tout ce que lui demandait le paysan. « Je vous conseille de ne plus jamais l'approcher. Plus jamais. » Il caressait son gros bâton.

Charles se le tint pour dit.

Revenu auprès d'Ourika, Guillaume commença par lui raconter sa vie à la campagne et lui expliquer les raisons de son retard. Son père s'affaiblissait. Les

91

bêtes ne pouvaient se passer de lui. « Tant que mon père vivra, je ne pourrai pas abandonner la ferme. Sauf s'il s'agit d'aider la France. Et la Révolution. »

C'était clair. Ourika demanda :

« Et au château, Guillaume ? »

Elle avait dû faire un effort pour en parler.

« Au château, commença-t-il...

– Tu y es allé ? Pour moi ? »

Oui, il avait fait cela.

D'abord, on avait refusé de le recevoir. Il avait envoyé, à plusieurs reprises des messages à la marquise. « Je voudrais vous parler d'Ourika. » Mais il avait compris qu'on ne les lui faisait pas parvenir. Il s'était arrangé alors pour qu'un ami à lui, qui fournissait des vivres au château, lui remette un billet en mains propres. Au bout de quelques jours, un valet était venu le prévenir : « Madame la marquise vous attend. »

Elle l'avait reçu longuement. Elle avait voulu tout savoir, s'inquiétant surtout de la santé d'Ourika, de son équilibre nerveux, de son humeur. « Je suis sûre qu'elle m'en veut énormément. Et je ne puis lui donner tort. Tout le monde la renie ici. Moi, je la comprends. Et même, d'un certain point de vue, je l'admire. C'est ma fille, comprenez-vous ? Elle est le meilleur de moi-même. Et je pense même qu'elle est meilleure, plus accomplie que moi. Cette fermeté, cette hardiesse. Ce n'est pas moi qui les lui ai données. Elle les tire d'une autre source. Plus lointaine, plus profonde. Vous le ressentez aussi ? Mais que va-t-elle devenir ? »

Il lui avait expliqué ses découvertes, ses élans, son besoin d'indépendance et même de solitude. Son attachement à Paris. Et les dangers qu'elle y courait sûrement. Il s'était exprimé en toute franchise sachant que la marquise aimait Outika. « Elle ne veut pas revenir ici. Mais je ne suis pas en état de subvenir à ses besoins. Que pouvez-vous faire pour l'aider ?

– J'y penserai, dit la marquise, je vous ferai signe. »

Elle l'avait rappelé quelque temps plus tard. Subrepticement, comme la première fois. « Voici une lettre. Qu'elle la remette à mon amie, la comtesse de Mérelle, rue de Vaugirard. Elle n'a pas l'esprit très ouvert, mais elle est fidèle. Elle fera pour Ourika ce que je lui demanderai. Elle peut l'héberger, la nourrir. Et la protéger. »

Elle avait ajouté : « Qu'Ourika n'ait pas de scrupule à accepter ce service. J'ai bien davantage à me faire pardonner. »

Elle avait fait reconduire Guillaume par une porte dérobée. Il avait, en la saluant, éprouvé de l'émotion et de la pitié.

*

« Voici la lettre. Es-tu disposée à t'en servir ? »

Ourika n'avait pas répondu tout de suite. En elle s'agitaient des sentiments qu'elle parvenait difficilement à mettre en ordre : de la tendresse, de la reconnaissance pour Guillaume, de l'irritation à la

93

pensée d'être à nouveau l'obligée de la marquise, de l'effroi en songeant à sa nouvelle résidence, mais aussi le désir, le terrible désir d'un Paris où elle vivrait en n'appartenant à personne.

« Tu crois qu'il n'y a pas d'autre solution, Guillaume ?

– Je n'en vois pas d'autre. A moins de relancer Charlot. »

Il la connaissait mieux qu'elle-même. Comme une brebis échappée de son troupeau.

Elle irait rue de Vaugirard. Mais ne pouvait-il pas prolonger son séjour à Paris ?

« Deux jours seulement. J'ai promis à mon père. Mais avant de partir je veux te savoir en sécurité. »

Elle se rendit donc chez l'amie de la marquise et en revint en quelque manière soulagée.

« Tu pourras partir tranquille », dit-elle simplement.

Il ne lui posa aucune question, ne voulut connaître aucun détail. Puisqu'elle acceptait une solution qu'il jugeait personnellement un peu dégradante, c'est qu'elle tenait à son expérience parisienne plus qu'à tout. Peut-être avait-elle raison. C'était son affaire en tout cas. Lui-même n'y pouvait plus rien.

Elle ressentit tout cela, en fut un peu confuse, faillit se jeter dans ses bras, mais l'envie de se racheter à ses propres yeux, en gagnant sa seconde bataille parisienne, fut la plus forte.

Guillaume était merveilleux, mais le temps était

venu de s'en délivrer.

Les mots qu'ils échangèrent avant son départ étaient graves comme leur attachement et légers comme leur esprit de sacrifice. « Nous nous aimons assez, disait-elle, pour ne pas nous accabler de notre amour. »

C'était trop compliqué pour Guillaume. Il savait depuis sa plus tendre enfance qu'elle n'était pas pour lui.

Il reprit donc le chemin du Morvan, heureux d'avoir pu secourir Ourika une fois encore, en faisant que les choses soient à leur juste place et en sachant qu'il serait toujours là en cas de désordre.

« Ecris-moi si tu m'aimes encore un peu », avait-il dit.

Elle avait beaucoup pleuré en le quittant.

Mais elle n'avait pas fait un geste pour le retenir.

*

« Encore une étape, nota paisiblement Ourika le soir même dans son journal. Une étape vers mon affranchissement. J'irai chez cette Mérelle puisqu'il m'est impossible de faire autrement. Mais dès que je le pourrai, je larguerai ces dernières amarres. J'en prends ici l'engagement. »

L'hôtel de Mérelle, situé derrière les jardins du Luxembourg, non loin de la place Saint-Michel, appartenait à un des îlots les plus conservateurs de la capitale. Il était isolé, calfeutré, comme s'il prétendait se détacher du temps. On devait pour y accéder, traverser des cours abandonnées, des jardins clos remplis de feuilles mortes et de chants d'oiseaux. L'endroit idéal, pensaient ses habitants, pour attendre la fin de la révolution. Ou pour la hâter.

La vieille comtesse, amie d'enfance de la marquise de Mirmont, avait traversé les événements des deux dernières années dans un aveuglement total de ce qu'ils représentaient pour la France et pour elle-même. Tapie dans son obscure résidence, sourde à tous les bruits du dehors, elle ne prêtait attention qu'à ses chats et aux lettres que lui faisait parvenir son fils, émigré depuis plusieurs mois. Ourika, quand elle lui rendit sa première visite, eut l'impression de remonter le temps. La comtesse qui l'accueillit l'avait obervée longuement, de son fauteuil, comme si quelque génie irrespectueux venait d'introduire dans son salon un dromadaire ou un hippopotame. Elle ne lui avait posé aucune question, comme si de savoir quelque chose d'elle eût établi un début d'intimité qu'elle jugeait hors de propos. « Vous êtes ici chez vous, Mademoiselle, avait-elle énoncé simplement, parce que mon amie me l'a demandé. Je suis sûre que vous vous y comporterez dignement. »

Tout ce que désirait Ourika, c'était être tranquille. Elle le fut au-delà de toute espérance. « J'ai la sensation, écrivait-elle à Guillaume peu de temps après son installation, que je rentre chaque soir dans mon tombeau. »

Pourtant elle ne put pas ne pas remarquer, chaque

fois qu'elle entrait ou sortait d'étranges et mystérieux va-et-vient d'ombres, de lumières, de chuchotements. Comme si, dans ces couloirs, derrière ces portes, se tramaient de lourds complots destinés, de toute évidence, à redorer la couronne royale et à rendre le pouvoir à ceux qui étaient en train de l'abandonner. Elle apercevait parfois une silhouette, surprenait un morceau de conversation. Mais les individus qu'elle découvrait se méfiaient visiblement de l'intruse, de même qu'ils semblaient ignorer la vieille comtesse autour de laquelle s'organisait cette agitation conspiratrice sans qu'elle eût de rôle à y jouer.

Ourika prêtait à ces remue-ménage le minimum d'attention. Elle ne se voulait ni ennemie ni complice de celle à qui elle devait sa tranquillité. Elle s'en tenait donc avec elle aux banalités et, plutôt que d'avoir à partager ses repas, se contentait d'aliments simples et rapides qu'on lui montait dans sa chambre ou qu'elle emportait sur un banc, dans un jardin. Elle n'habitait pas l'hôtel de Mérelle, elle y nichait à la manière d'une hirondelle, alerte, vive, insaisissable.

Un matin cependant, en descendant de sa chambre, Ourika entendit un gémissement. Un homme, dans l'escalier, assis sur une marche, se tenait une cheville qu'il venait évidemment de se tordre. Il se tut quand elle approcha, mais il souffrait trop. Et il dut accepter le soutien de son bras et de son épaule pour se lever, péniblement, et aller jusqu'à une chambre déserte, au fond d'un couloir tortueux, dont Ourika n'avait jamais imaginé l'existence.

Une fois assis dans un fauteuil et soulagé, il regarda la jeune fille avec tant d'ahurissement et d'inquiétude qu'elle éclata de rire. Il se leva alors à demi pour se présenter : « Philippe Charles Louis Xavier de Fervart, marquis de Blanquefort, duc de Montgêtre, chevalier de l'Ordre du Roi et de la Toison d'Or. » Elle répondit simplement : « Ourika » en esquissant une révérence.

Il la remercia et elle s'enfuit. Mais à plusieurs reprises, et comme si leurs rencontres n'étaient pas dues au hasard, Ourika retrouva Philippe sur son chemin. Il la saluait et lui parlait très vite, à voix basse, de ces temps de malheur et des ennemis sans nombre que la France découvrait même parmi ses meilleurs enfants. C'était un homme d'environ quarante-cinq ans, habillé exclusivement de noir, très grand, très sec, avec un nez busqué, si long qu'Ourika n'avait qu'à l'apercevoir pour perdre son sérieux.

Un jour, il s'approcha trop près de la jeune fille, décidé à tenter sa chance. Elle se déroba prestement. Cela parut l'étonner et le réjouir. Il rougit un peu, et la scruta bizarrement. Comme on observe un bel oiseau étrange et ignoré.

Ourika eût aimé le connaître davantage. Et apprendre du même coup ce qui se tramait sous le toit qui l'abritait. Mais d'autres objets l'intéressaient bien plus qu'un duc au grand nez échappé d'un conte drolatique.

Ourika n'en finissait pas d'explorer Paris. Elle avait, avec méthode, divisé la ville en zones concentriques dans lesquelles elle se perdait. Paris, ses monuments superbes et ses échoppes branlantes, ses avenues encombrées et ses rues remplies d'immondices que se disputaient les poules, les chats, les chiens, ses carrosses armoriés et ses marchands ambulants, ses bateaux-viviers sur la Seine et ses cafés ouverts jusqu'au milieu de la nuit, Paris l'enchantait comme un roman et l'oppressait comme une drogue.

Quand elle rentrait, le soir, fourbue, mais heureuse, elle notait ses impressions, ses découvertes. C'est dans ce qu'elle écrivit au début de l'année 1791 qu'apparut, pour la première fois dans son journal, le nom de Mélanie Chevreuil.

Elle l'avait rencontrée un jour qu'elle s'était aventurée, près de la Halle-au-Blé et de la rue Saint-Denis, sur la place où se tenait le marché des Innocents avec sa célèbre fontaine. Tout un peuple de marchands y était installé. Chaque vendeur proposait, sous un grand parapluie, de la viande, des légumes secs, des œufs, que l'on cuisait, à la demande, sur de petits fourneaux à charbon. Ça sentait l'oignon grillé et le poisson frit.

Ourika s'était assise autour de la table commune, auprès d'ouvriers et d'ouvrières, d'artisans et de boutiquiers qui avaient un moment abandonné leur ouvrage. Elle se forçait ainsi de plus en plus souvent, pour vaincre sa timidité, à entrer en contact avec des gens simples dont elle redoutait moins les observations. Mais le résultat n'était pas fameux. Sa retenue, son allure et quelque chose de distingué, de noble dans ses manières et dans son langage s'opposaient à ses tentatives et maintenaient son isolement.

Ce jour-là, quand elle se pencha vers une petite fille pour engager la conversation, un gros garçon rougeaud, vêtu d'une blouse, en face d'elle, l'apostropha :

« Dis-donc, citoyenne, je voudrais comprendre ton cas. On est plusieurs ici qui goûtons pas du pain tous les jours. Et quand on en mange c'est plutôt du meschevé ou du ballé que du mollet ou du mouton ! Mais toi, celui que tu as sorti de ton sac et que tu as mastiqué si délicatement, tu es la dernière qui devrait en profiter.

– Pourquoi ? demanda Ourika naïvement.

– Parce que c'est du pain blanc , citoyenne, et qu'il jure avec ta peau ! »

Il partit d'un grand rire, repris par les témoins de la scène. Des passants se rapprochaient. On voulait en entendre davantage. Qui était cette négresse raffinée qui venait narguer le pauvre monde ? Qui sait si ça n'était pas une espionne au service d'un prince ou de " l'Autrichienne" ?

Ourika n'avait pas appris à hurler avec les loups. Et cette subite agressivité de la part de gens dont elle se croyait l'amie, l'allusion brutale à sa couleur ajoutaient à sa confusion et à son embarras.

Elle s'était levée, indécise, cherchant à fuir, mais sa voisine, une matrone à l'énorme poitrine, la prit par les épaules, la forçant à se rasseoir.

« Pas de ça, Lisette, dit-elle. Tu t'expliqueras d'abord. »

Ourika regardait ces hommes, ces femmes, lisait dans leurs yeux de la colère, sentait l'angoisse l'envahir, était prête à pleurer, lorsqu'une présence féminine tout à coup la réchauffa.

Une jeune femme à la tignasse rousse, solidement plantée près d'elle, les mains sur les hanches, s'interposait :

« Alors, s'écriait-elle, c'est tout ce que vous avez trouvé à vous mettre sous la dent ? Cette fillette ? Parce qu'elle ne comprend rien à ce que vous lui voulez ? Ou peut-être bien parce qu'elle a la peau noire ? »

Personne n'osait plus piper mot.

« C'est du propre, ajouta Mélanie en prenant Ourika par les épaules. On parle de révolution, de fraternité, d'égalité et voilà à qui l'on s'en prend. A une pauvre biche qui n'a pas la même couleur que vous ! C'est les aristocrates qui seraient heureux s'ils vous voyaient. Ils se diraient que, pour écraser l'innocence, eux et vous, c'est du pareil au même ! »

L'incident retomba aussitôt. Ourika déjà n'avait plus peur. Mais, en plus, elle était heureuse. Pour la première fois depuis qu'elle était à Paris, elle discernait le goût de l'amitié.

Ce fut une bien curieuse rencontre que celle de l'ouvrière parisienne et de la fille noire de Madame de Mirmont.

Mélanie Chevreuil était lingère dans un atelier de la rue de la Pelterie, dans la Cité, près du Pont-au-Change. Elle avait vingt-cinq ans et tout ce que la liberté dans Paris offre aux filles qui ont oublié d'être bêtes. Elle n'ignorait rien de la misère, des hommes, des plaisirs et des manigances. Elle allait son chemin, sans se payer de mots, émerveillée mais lucide, angélique ou cynique selon les circonstances.

Elle avait ressenti pour Ourika un véritable coup de foudre, car elle représentait l'exotisme, le mystère, le rêve. C'est ce qu'elle ne comprenait pas qui l'avait séduite : cette distinction qu'elle camouflait si mal, cette naïveté désarmante, mais aussi une assurance, une affirmation de soi, une sérénité.

Qui était la jeune Noire ? D'où tombait-elle ? Ourika lui en dit juste assez pour qu'elle ait envie d'en savoir davantage. Leur premier entretien ressembla à une bataille de fleurs. Elles se méfiaient moins qu'elles ne désiraient avoir confiance.

« Tu travailles pour des aristos ? osa demander Mélanie.

– Tu m'as bien regardée ? répondit Ourika. »

Elles se revirent le lendemain et les jours suivants. Ourika allait chercher Mélanie à la sortie de son atelier, à midi, le soir. Elles mangeaient souvent ensemble, d'un rien, sur un banc ou dans un café. Peu à peu, elles s'étaient épanchées. Mélanie n'avait rien à cacher, ou presque, d'une vie libre, luxuriante et difficile. Elle aidait sa mère qui était infirme et solitaire. Elle ne trouvait pas de compagnon durable, faute de soumission et de résignation. Elle préférait à la lecture la discussion, le spectacle, le chant. Elle croyait à la révolution.

Ourika avait raconté, ou peu s'en faut, son origine, son adoption, son éducation et sa fugue. Mais elle avait préféré ne donner de précisions ni sur le château de son enfance ni sur l'hôtel où elle s'était réfugiée.

Son nom ? Elle savait depuis longtemps qu'il ferait problème.

Adoptée par la marquise de Mirmont, elle aurait pu se prévaloir de son patronyme et de ses titres. Mais ayant tenu à abandonner au château tout ce qu'elle en avait reçu, elle n'avait que faire d'un bagage nobiliaire au surplus fort embarrassant dans sa nouvelle vie. C'est pourquoi, lorsqu'on lui demandait comment elle s'appelait, elle avait pris l'habitude de répondre : "Ourika Doutis", voulant dire par là, comme dans la légende d'Ulysse, qu'en réalité elle n'était personne.

Mélanie avait vite compris que la vie de son amie cachait un mystère. Et comme elle avait vu sa gêne, un jour, de ne pas pouvoir produire les papiers qu'on lui demandait, elle avait proposé de lui en fournir. Comment se débrouillerait-elle ? Par qui les ferait-elle établir ? Peu importait. Par des amis.

Mélanie avait des relations partout, chez les gueux comme dans la police. Quand on insistait trop pour savoir, elle fredonnait un refrain à la mode ou éclatait de rire. Elle était pure comme le péché.

Elle remit ses papiers à Ourika, discrètement, sans la moindre insistance.

« Qu'est-ce que je te dois pour ce grand service ?

– Trop d'argent. Tu ne peux pas payer.

– Mais alors ?

– Alors, pas d'argent du tout. Tu me revaudras ça un jour. »

*

Ourika apprit en peu de temps énormément de choses. Dans la rue notamment, où elle flânait sans se lasser et où elle n'hésitait plus à lier conversation et à trouver des répliques au sans-gêne des promeneurs. La scène du marché des Innocents l'avait marquée. « L'innocente, avait-elle noté dans son journal, finalement, c'était moi ! Je me faisais un tableau idyllique des gens du peuple. Comme si tout ce qui venait d'eux était bon. Et comme si de les aimer me rendait forcément aimable. Apprendrai-je jamais à me méfier de tout le monde ? Comprendrai-je jamais qu'on ne peut pas gagner une bataille sans l'avoir livrée ? »

Ourika lisait toujours beaucoup, mais les livres l'intéressaient moins que les centaines de journaux publiés chaque jour au vent de la liberté et qui inondaient Paris d'informations, de faits divers, de rumeurs, de commentaires idéologiques. Elle fréquentait également, lorsque ses moyens le lui permettaient, les théâtres qui n'avaient jamais connu pareilles affluences et où se côtoyaient le drame, la comédie, la pantomime, la féerie et le ballet.

Mais c'est surtout au contact de Mélanie et de son groupe d'amis qu'Ourika mûrissait et se transformait.

Mélanie n'avait pas hésité longtemps avant de l'admettre parmi les jeunes gens qu'elle fréquentait et qui se réunissaient, le soir, dans un café enfumé de la rue de la Harpe, pour y discuter sans fin.

On y parlait politique naturellement, mais sans agressivité. On était révolutionnaire, mais pas extrémiste. On croyait aux théories plutôt qu'aux hommes et on partageait l'opinion de Camille Desmoulins selon laquelle "le véritable patriote ne connaît point les personnes, il ne connaît que les principes."

Ourika se faisait, dans son coin, toute petite, comme lorsque, à douze ans, elle était admise dans le salon de la marquise. Elle écoutait, réfléchissait, échangeait quelques mots avec Mélanie, puis s'éclipsait pour rentrer sagement à son hôtel.

Ce qu'elle entendait de la condition des femmes et de celle des noirs l'intéressait davantage que ce qui touchait à la Constitution, à l'Assemblée, à la République. C'est dans l'estaminet de la rue de la Harpe qu 'elle entendit parler pour la première fois de

Condorcet, de son *Essai sur l'admission des femmes au droit de cité* et de ses réflexions sur l'esclavage des nègres. Depuis longtemps, instinctivement, dans l'esprit d'Ourika, les deux choses se tenaient : les droits de la femme et ceux de la race noire. Mais quand elle sut qu'un des hommes les plus éclairés de ce temps avait fait de ce rapprochement la base de ses théories, elle fut ravie et n'eut de cesse qu'elle se procurât l'essai de Condorcet publié dans le *Journal de la société de 1789.*

Elle le lut, le relut et en copia des paragraphes entiers.

Celui-ci par exemple :

"Est-il une plus forte preuve du pouvoir de l'habitude, même sur les hommes éclairés, que de voir évoquer le principe de l'égalité des droits en faveur de trois ou quatre cents hommes qu'un préjugé absurde en avait privés, et l'oublier à l'égard de douze millions de femmes ?"

Ou encore :

"Les droits des hommes résultent uniquement de ce qu'ils sont des êtres sensibles, susceptibles d'acquérir des idées morales et de raisonner sur ces idées. Ainsi les femmes ayant ces mêmes qualités ont nécessairement des droits égaux. Ou aucun individu de l'espèce humaine n'a de véritables droits, ou tous ont les mêmes ; et celui qui vote contre le droit d'un autre, quels que soient sa religion, sa couleur ou son sexe, a dès lors abjuré les siens."

Mélanie, sur ce thème, n'était guère bavarde.

Plutôt que de se battre contre les hommes pour obtenir des droits qu'ils s'obstinaient à refuser, elle préférait *être* une femme et démontrer par sa clairvoyance, par sa verve, par son esprit de décision l'absurdité des thèses antiféminines. « Ourika, ma chatte, disait-elle, ne te laisse pas trop guider par ta jolie cervelle. Tu ne penses pas que, des penseurs, on en a plutôt trop que pas assez ? »

Ourika riait, méditait, travaillait. Elle s'était remise à des ouvrages de broderie qu'elle proposait, par l'intermédiaire de Mélanie, aux clientes de son atelier et qui lui rapportaient un peu d'argent. Mais surtout, sans en être consciente, Ourika attendait et se tenait prête. Près d'elle, la révolution lissait et gonflait ses ailes. Ourika écoutait, observait, accumulait.

La famine cependant augmentait ses ravages. Partout les queues des femmes, devant la boulangerie, la boucherie ou les éventaires, s'allongeaient. Des boutiques, des ateliers se fermaient chaque jour. A quoi servait une révolution qui ne donnait pas de pain ? Mais Ourika était surprise de ne pas percevoir plus d'exaspération dans ce petit peuple de Paris, travailleur, ouvert, consciencieux, vulnérable comme elle, mais en qui elle sentait bouillonner, comme en elle-même, une manière d'espérance.

Quand Mirabeau mourut en avril 1791, l'émotion populaire fut considérable. Son corps, escorté par dix mille hommes des troupes nationales, fut présenté à Saint-Eustache, puis à Notre-Dame, où l'Assemblée Nationale avait décrété qu'il serait inhumé. Tout Paris était sur le cortège qui dura plusieurs heures.

Ourika savait que le comte de Mirabeau était, avec La Fayette, de ceux qui pouvaient encore réconcilier le roi et la nation.

Mais quand elle regagna l'hôtel de Mérelle, la nuit venue, elle aperçut la longue silhouette noire du duc de Montgêtre qui prenait l'air.

« Vous avez vu, lui dit-il, cet affolement burlesque dans tout Paris ? Et pour qui, je vous le demande ? Pour un traître et pour un imbécile... »

Guillaume décidément avait raison.

C'était bien la noblesse elle-même qui était en train de scier la branche sur laquelle vacillait l'Ancien Régime.

*

Deux mois plus tard, en juin, tandis qu'Ourika s'apprêtait à fêter, en compagnie de Mélanie, son dix-huitième anniversaire, il se mit, dans Paris, à faire atrocement chaud. On voyait des météores dans le ciel ; et, sur les places que l'on repavait, le sable était si brûlant qu'il dévorait le pied à travers la chaussure. La poussière, sur les boulevards, insuffisamment arrosés, prenait les promeneurs à la gorge. Et les bruits de guerre devenaient plus alarmants. Mais ils n'empêchaient pas les Parisiens d'aller dans la rue et, le soir venu, d'envahir le bois de Boulogne, la Muette, les Champs-Elysées et de danser sur les trottoirs, devant les cafés, au son des violons. Jamais on n'avait vu le

Palais-Royal, les Tuileries, la place Louis XV envahis d'une foule si compacte venue applaudir le spectacle des farceurs, des paillasses, des polichinelles.

Le 21, subitement, on apprit que le roi et sa famille avaient abandonné Paris au milieu de la nuit. Ourika fut réveillée par le bruit de la générale et se mêla à la fièvre populaire. Elle remarqua que l'on arrachait tout ce qui évoquait la royauté, les enseignes, les noms des rues, les armoiries. Elle vit les patrouilles parcourir inlassablement la ville et des officiers municipaux lire des proclamations appelant le peuple à la sagesse. L'Assemblée ayant donné l'ordre d'illuminer les rues, par mesure de sécurité, ce Paris du malheur fut transformé en Paris de fête. Et si l'on était indigné, on se félicitait d'une unanimité retrouvée, d'un coude à coude salutaire. On se répétait les nouvelles, vraies ou fausses. Le roi aurait, pour fuir, emprunté les égoûts de la cuisine qui se jetaient dans la Seine. Il aurait été reconnu au premier relais de chevaux. L'"Autrichienne" se serait retardée en cherchant, pour l'emporter, le portrait de son amant. Le peuple cachait son angoisse sous les calembours, les plaisanteries, les chansons. Mélanie montrait un écriteau sur lequel elle avait écrit, en caractères d'affiche : "Tuileries-Logis à louer". On raconta à Ourika qu'un groupes de femmes s'était porté au palais du roi et, ayant enlevé le portrait de Louis XVI qui trônait dans la salle de reception, l'avait suspendu à la porte. Et elles s'étaient répandues dans Paris en s'écriant : « Ce sont les femmes qui ont amené le roi à Paris ; ce sont les hommes qui l'ont laissé échapper. »

Le 23, on apprit dans l'allégresse que toute la famille royale avait été reprise. Et Paris dans la rue, Paris remué jusqu'aux entrailles attendit son retour.

Il eut lieu le samedi 25 et ce fut, dans un silence ponctué d'injures et de moqueries, le plus impressionnant des cortèges. Quatre voitures en tout. Sur le siège du postillon, trois hommes, les gardes du corps du roi, solidement attachés. La Garde Nationale, les fusils renversés, et le peuple, immense, le chapeau vissé sur la tête. Ourika avait voulu assister à ce qu'on appellerait le "convoi de la monarchie", au milieu de ses amis. Mais un mouvement de foule l'en avait écartée. Et elle se trouvait entourée d'inconnus lorsqu'elle aperçut, à travers la portière d'une voiture, celle qui s'était fait appeler, pour fuir, la baronne de Korff et qui revenait, honteuse, la tête baissée sur les genoux, pour ne rien voir. C'était donc cela, la reine ?

A côté d'Ourika, parmi la foule, un jeune homme semblait prendre un plaisir personnel à cette sorte de dégradation. « Il fallait en finir, voilà qui est fait ! », disait-il. Et dans son emportement presque joyeux il traitait le souverain qui venait de passer de "mannequin royal à mettre sous séquestre". Puis, tourné vers un bourgeois âgé qui déclarait que la déchéance de Louis XVI était loin d'être inévitable, il s'écriait, superbe, en montrant la foule des Parisiens, infinie, sous le soleil couchant : « Regardez, citoyen ! Il peut y avoir une nation sans roi, mais non pas un roi sans nation. »

La cohue maintenant étant à son comble et Ourika pressée de tout côté, le jeune homme l'aperçut tout à coup près de lui et, spontanément, se précipita vers elle pour la protéger, écarter les importuns, lui permettre de se dégager. Il avait des gestes charmants, un visage jeune et ardent, des cheveux bouclés, une voix faite pour porter loin et séduire.

Quand le douloureux cortège se fut éloigné et que la foule commença à se disperser, il se retrouva seul près d'Ourika.

Il la regarda, la salua gravement et dit :

« Si nous vous avions pour reine, peut-être serais-je royaliste ! »

*

Elle rit. Elle dit :

« C'est que vos convictions ne sont guère profondes, Monsieur.

– Non, répondit-il. C'est que les compliments sincères ne me coûtent rien. »

Il se présenta : « Alphonse Lemercier, républicain. »

Elle : « Ourika Doutis, philosophe. »

Ils plaisantèrent d'abord, comme si ce jour était le plus enjoué du monde.

« Vous avez l'air de n'avoir aucun doute sur ce qui va arriver.

– La révolution, la chute de la royauté, la république ? Cela va de soi. Cela n'est qu'une question

111

de temps.

– Ce retour, ces cris, ces insultes, cette humiliation, cela ne vous gêne pas ?

– C'est l'écume de la mer. Elle n'a jamais empêché les grandes, les merveilleuses tempêtes ! »

Il était beau, fier, hardi. On aurait dit que la révolution était son bien.

Il n'avait en tout cas d'idées préconçues ni sur la naissance ni sur la couleur. Il militait d'ailleurs dans la Société des Amis des Noirs qui luttait pour abolir définitivement l'esclavage et la traite des nègres. Tous les hommes étaient nés libres et égaux. Donc tous les rois étaient des tyrans. On en délivrerait la France, puis la terre entière. Il bénissait le ciel de l'avoir fait naître à l'heure de ce grand orage révolutionnaire. Et comment ne pas voir plus qu'une coïncidence entre le retour du roi félon, qui signifiait sa déchéance, et l'apparition radieuse d'Ourika, qui signifiait la fraternité des êtres humains ? Deux symboles, en ce jour, qui n'en faisaient qu'un !

Alphonse parlait, parlait. Ourika l'écoutait, subjuguée par cet enthousiasme, cette liberté, cette auréole. Quand il voulut tout savoir d'elle, elle se contracta tout de même un peu. Ils avaient le temps.

Ils se retrouvèrent dès le lendemain, à l'ombre de l'abbaye de Saint-Germain-des-Prés. Il lui raconta son passé, sa famille, ses études, ses projets. Il était né à Paris même, d'un père libéral, quoique appartenant au monde de la finance. Il avait fait des études de droit et en même temps de physique, s'intéressant à tout, mais

112

parvenant mal à se consacrer à quelque chose. Depuis le début de la révolution, passionné d'idées nouvelles, il avait agrandi le cercle de ses relations, écrivait des articles de journaux, préparait les discours d'un député à la Constituante. Il avait vingt-quatre ans et vivait seul dans un appartement de la rue Saint-André-des-Arts. Il ne voyait plus guère ses parents, qu'effrayaient ses idées avancées, mais il ne refusait pas l'argent qui lui était versé régulièrement.

Sur les événements récents, il était inépuisable. Le vieux monde, barbare, inhumain, était mort en 1789. L'ère nouvelle, depuis longtemps préparée par les calculs des philosophes, avait éclaté comme une machine infernale. Tout ce qu'elle avait touché avait été détruit. On ne reviendrait jamais en arrière. Dès que l'on en aurait fini avec les vestiges de l'Ancien Régime, on assisterait à un temps de fraternité et de bonheur inimaginable.

Ourika l'écoutait, le croyait, voulait le croire. Les arguments, les réserves qu'elle osait lui opposer étaient instantanément rejetés avec indignation et allégresse. Tout était blanc ou noir à ses yeux, jamais gris. Ourika admirait sa flamme, sa précision. Il était chaque jour davantage l'homme qu'elle apercevait vaguement au fond de ses rêves : celui qui la prendrait telle qu'elle était, qui pourrait l'aimer pour elle-même et qui se moquerait bien de sa naissance et de la couleur de sa peau.

« Je m'appelle Ourika Doutis, lui dit-elle à leur seconde rencontre. Doutis, c'est-à-dire Personne. Et je ne suis personne en vérité. »

Il avait répondu : « La révolution et moi-même ferons en sorte que tu deviennes quelqu'un. »

Il avait naturellement tenté d'en savoir davantage. D'où tenait-elle son savoir, son allure, son élégance physique et morale ? Quelle éducation avait-elle reçue et que cachait ce nom qui ne voulait rien dire ?

Elle resta discrète, prétendit que son secret n'était pas sa propriété, mais qu'il n'aurait jamais à en rougir.

Ils agissaient déjà comme si l'avenir leur appartenait.

*

Ils prirent l'habitude de se rencontrer presque chaque jour. Il arrivait chaque fois plus optimiste, plus exalté, plus radical. Il fallait en finir avec ce potentat, il fallait en finir avec cette assemblée à bout de souffle. Quand Lafayette, le 17 juillet 1791, fit tirer sur la foule amassée au Champ-de-Mars et qui réclamait la déchéance et le jugement du roi, Alphonse disparut quelques jours, comme s'il se cachait, puis réapparut triomphalement. Lorsque Louis XVI , ayant consenti à signer la Constitution, accepta de n'être plus que "Roi des Français" et connut, dans Paris illuminé, une nouvelle et incroyable popularité, Alphonse affirma qu'il ne s'agissait que d'une péripétie sans conséquence. Il était à la fois vibrant, sensible, tendu vers l'avenir et serein, solide, sûr de lui et de son bon droit. « Puisque je sais où va la France, je ne puis avoir pour les obstacles qu'elle rencontre que condescendance et mépris », disait-il à Ourika qui admirait cet équilibre, cette santé morale, cette confiance inattaquable.

Il aimait Ourika passionnément. Et n'envisageait aucun projet sans elle. Elle avait fini par lui révéler à peu près tout ce qui la concernait, ses parents adoptifs, la manière dont elle vivait. « Qui te retient chez ces fous ?, la pressait-il. Pourquoi ne vivons-nous pas ensemble ? Je t'épouserais naturellement. Je te ferais connaître mes amis. Le monde mangerait dans notre main ! »

Elle était tentée, mais sans emportement. Mélanie, à qui elle avait présenté Alphonse, n'avait fait preuve d'aucun enthousiasme. « Il parle bien, avait-elle conclu, mais je me demande s'il ne parle pas trop. » Et les efforts qu'elle avait faits pour rapprocher Mélanie et Alphonse et les aimer en même temps étaient demeurés vains. Elle avait appris au surplus que Mélanie fréquentait de plus en plus assidûment le club des Jacobins où elle rencontrait et appréciait particulièrement Danton pour sa puissance verbale et sa virilité. On chuchotait même qu'elle avait été sa maîtresse et que, désormais, elle l'aidait à trouver les filles faciles, dont il raffolait. Ourika avait essayé d'en savoir davantage, mais elle avait pris son air rebelle et décourageant. « Occupe-toi de ton Apollon. Je m'occuperai de ma gueule d'ange ! »

Ourika, vexée, se le tint pour dit.

Ce qui la retenait sur le seuil d'Alphonse, c'était

finalement Guillaume. Le souvenir de Guillaume. Ils ne s'écrivaient plus qu'épisodiquement et seul le passé les rattachait encore. Mais il lui semblait que se donner à Alphonse, c'était en quelque sorte trahir son premier amour. Elle savait qu'elle ne ferait jamais sa vie avec le jeune paysan, mais elle lui avait tellement d'obligation qu'elle répugnait à faire sa vie sans lui. Elle rêvait d'avoir sa bénédiction et d'être sûre qu'il ne lui en voudrait pas d'être heureuse avec un autre.

Un jour qu'Alphonse s'était montré plus pressant que d'habitude, elle écrivit donc, longuement à Guillaume. Elle fut frappée, en racontant son aventure et en décrivant ses sentiments, par les mots de "confiance", de "protection", de "sécurité" qui revenaient sous sa plume. Elle avait besoin de se sentir chez elle, quelque part, avec quelqu'un. Alphonse et ses certitudes, Alphonse et son optimisme, Alphonse et sa compréhension étaient là, à point nommé, pour elle. Pouvait-elle en faire fi ?

La réponse de Guillaume lui parvint au moment où s'installait la nouvelle Assemblée Législative et où les milieux royalistes croyaient pouvoir annoncer la fin de la révolution. Guillaume, en termes d'une extraordinaire simplicité, lui donnait joyeusement pleine liberté. Il savait que de toute façon, elle n'était pas pour lui. Il continuerait à l'aimer de loin, prêt à lui venir en aide si elle le lui demandait. Mais il ne voulait pas savoir comment elle vivait ni avec qui. Il se réjouissait si elle était heureuse, voilà tout.

Elle fut touchée, et même un peu honteuse, au

116

point d'en avoir les yeux mouillés et faillit, sur cette seule émotion, renoncer à Alphonse, courir vers Guillaume, se jeter dans ses bras.

Mais, l'émotion passée, elle sut qu'elle n'en ferait rien.

Et Alphonse fut, ce jour-là, comme s'il avait deviné son trouble, encore plus adorable que d'habitude.

*

Ce qui décida brusquement Ourika à aller vivre avec Alphonse, ce fut une mésaventure étrange et inattendue qui lui advint à l'hôtel de Mérelle.

Depuis qu'elle connaissait Alphonse, elle prenait à l'égard de ce nid d'aristocrates moins de précautions qu'auparavant. Elle sortait et rentrait à n'importe quelle heure et ramenait des lettres, des journaux, des libelles qui jetaient une lumière crue sur les gens qu'elle fréquentait et sur les idées qui étaient les siennes.

Peu à peu dans cet hôtel-refuge où la vieille noblesse complotait à perdre haleine, les habitudes de la jeune fille furent, sans qu'elle s'en doutât, observées, analysées, discutées. Rien en vérité n'était plus facile. On guetta ses apparitions et ses disparitions ; on la suivit dans Paris ; on n'hésita pas à explorer sa chambre. Un beau jour enfin, alors que dans l'après-midi, elle s'apprêtait à aller retrouver Alphonse, elle se sentit bousculée, appréhendée et poussée d'un couloir dans une pièce sombre, où on la maintint de force sur

117

une chaise, tandis qu'elle devinait des silhouettes immobiles rangées au fond de la salle. Quelques bougies éclairaient vaguement cette espèce de tribunal contre-révolutionnaire.

Quelqu'un prit, au bout d'un moment, la parole pour accuser la jeune fille. C'était, à coup sûr, une espionne. On connaissait ses fréquentations et ses opinions. On savait à quel misérable elle réservait ses faveurs. On était même renseigné sur l'ingratitude criminelle dont elle avait fait preuve à l'égard de sa mère adoptive et de ceux qui l'avaient élevée et choyée. Si elle s'était introduite dans l'hôtel de Mérelle, c'était à n'en pas douter pour en trahir et dénoncer les habitants. Cela, ils ne le permettraient pas. Même si la révolution maudite était à bout de souffle, même si les patriotes de l'extérieur allaient revenir en vainqueurs chasser les barbares qui déshonoraient la France, des vipères comme elle devaient être mises hors d'état de nuire. Surtout une vipère noire, la plus venimeuse.

Un silence suivit ce discours grandiloquent.

Puis une autre voix se fit entendre, et Ourika reconnut les intonations rocailleuses de son "ami", Philippe de Montgêtre.

« Si votre hôtesse, Ourika, la comtesse de Mérelle, n'avait pas intercédé en votre faveur, il est probable que vous ne seriez pas sortie vivante de cet hôtel. Car la France que nous aimons et que nous protégeons doit être, à l'égard de tous ses ennemis, impitoyable. Mais la noble dame qui a cru devoir vous accueillir ici nous a prié de reconnaître à votre forfait

118

des circonstances atténuantes, et ce tribunal s'est incliné. Vous serez donc libre, mais surveillée. Toujours un des nôtres saura ce que vous faites, pour qui vous agissez. Vous nous quitterez, mais vous ne nous échapperez pas. »

Ourika était étonnée du calme qui l'habitait. Curieusement elle n'avait jamais éprouvé le moindre sentiment de panique en face de ce qu'elle n'avait jamais cessé de considérer comme une farce, sinistre, mais ridicule. Ces personnages plus ou moins masqués, cette prétendue justice, cette emphase fanfaronne n'étaient que les vestiges grotesques et dérisoires d'un monde en train de s'évanouir. Ils étaient anodins, absurdes et presque pitoyables par comparaison avec les bureaux froids et rigides des clubs, les arrières-salles de café et de commission où se jouait réellement le sort de la France.

Elle-même se sentait tellement plus vivante que tous ces gens !

Elle se contenta donc de prononcer :

« En vérité, Messieurs, je n'ai pas à un seul moment songé à vous trahir. J'aime trop mon indépendance et celle des autres. Mais puisque vous en jugez différemment, j'accepte votre marché. Je quitterai cet hôtel où l'on m'avait accueillie sans me poser de question et que je fréquentais sans m'en poser davantage. Je n'emporterai rien, soyez-en sûrs. Et je ne parlerai de ce que j'ai vu à âme qui vive. Merci de m'accorder ma liberté. Je vous souhaite de conserver encore longtemps la vôtre. »

Cette réponse étonna. On sentit çà et là des mouvements divers. Certains assistants auraient voulu en savoir davantage, tant l'accent sincère et intelligent d'Ourika les avait frappés.

Mais celui qui semblait diriger l'assemblée et qui avait parlé au début coupa court à tout dialogue.

« Vous êtes donc libre, Ourika de Mirmont. Nous espérons ne plus jamais entendre parler de vous. »

La journée était bien avancée, mais Ourika ne désirait pas coucher ici une nuit de plus. Elle se rendit donc dans l'appartement de la comtesse qui la reçut, un peu honteuse, et qui lui proposa, tout en caressant son chat favori, de rester encore un peu.

« Non, dit Ourika, je préfère partir aujourd'hui. Je n'ai que des remerciements à vous faire. Je vous laisse des livres, des vêtements, quelques objets. J'enverrai quelqu'un les prendre demain. »

Elle quittait finalement son second château avec moins de brusquerie et d'émotion que le premier. Que cette aristocratie butée, maladroite et rancunière lui paraissait insignifiante ! Et combien Alphonse avait raison de prétendre qu'une page était définitivement tournée !

Elle dit gentiment adieu à la comtesse, la pria d'écrire à la marquise de Mirmont, refusa de dire où elle allait et sortit dans Paris où le soir n'était pas très éloigné. Elle se dirigea à pied directement chez Alphonse, le cœur battant.

Battait-il moins vite, plus vite, que le jour où elle était allée se réfugier chez Guillaume, au milieu de sa forêt ?

Mieux valait éviter ce genre de comparaison.

On était en octobre et l'arrière-saison était somptueuse. Elle traversa le Luxembourg jaunissant, esquissa dans les allées des pas de danse, sourit aux arbres et aux enfants.

Jamais elle n'avait mordu avec autant de hargne dans le mot liberté.

*

Alphonse l'accueillit avec un cœur débordant de tendresse et d'anxiété. Il avait craint, en l'attendant vainement, que Paris ne l'eût dévorée et ne la lui rendît plus jamais.

« Il fallait que je dise adieu à un épisode de ma vie. Je l'ai fait. Je suis libre désormais. Libre de t'aimer. »

Ils furent, cette nuit-là, l'un à l'autre avec emballement. Ils se cherchaient depuis si longtemps ! Ourika ne croyait pas que l'acte d'aimer pût donner autant de joie. Guillaume finalement avait, par timidité autant que par respect, fixé des bornes inconscientes à ses épanchements. Il avait aimé Ourika avec plus de tendresse que de passion et comme si, par inexpérience, par délicatesse ou par souci de préserver les distances, il s'empêchait de la conduire à toutes les extrémités de l'amour. Elle ne s'en était pas rendu compte naturellement, se contentant d'être heureuse par lui, mais ne se posant sur les raffinements possibles de la chair aucune question. Seuls, l'avaient avertie, plus tard, certains contacts et certains frissons qu'il existait d'autres jouissances et d'autres dépassements.

Alphonse n'avait pas les scrupules de Guillaume et il ne tergiversa sur rien. Si bien qu'Ourika, dans les premiers moments de leur intimité, se sentit devenir femme pour la seconde fois, avec des audaces, des violences, des frénésies qui la comblaient et qui la laissaient stupéfaite, incrédule. Et assouvie.

« Comment toutes mes lectures, écrivait-elle dans son journal, ne m'ont-elles pas prévenue que cela existait ? Peut-être, il est vrai, le sachant, aurais-je été moins sage... »

Et plus loin : « Mais ce qu'éprouve tout mon être dans les bras de cet homme et quand il s'est détaché de moi, toutes les femmes l'éprouvent-elles souvent ? Si oui, comment font-elles pour ne pas le montrer davantage ? Comment pareil secret peut-il être précisément tenu secret ? »

Ourika, en tout cas, débordait d'amour, de générosité, de projets. Trouvant les trois pièces d'Alphonse, rue Saint-André-des-Arts, trop sévères, elle s'était chargée de les égayer, de les décorer, de les meubler. Et chaque soir, lorsqu'il rentrait, elle lui donnait les comptes de ce qu'elle avait dépensé, lui racontait les mille détails de sa journée, voulait tout connaître de la sienne.

Alphonse, heureux de la voir aussi épanouie, la comblait à son tour d'attentions. Et leurs premiers mois de vie commune, au cœur de l'hiver 91-92, furent merveilleux. Tout leur était prétexte à des conversations sans fin où s'exprimait surtout l'euphorie politique et idéologique du jeune homme. Ses amis bordelais, qu'on appellerait bientôt girondins, formaient l'aile gauche impétueuse, idéaliste, de l'Assemblée Législative. Ils s'enivraient comme Alphonse de concepts grandioses et de promesses héroïques. Ils se comparaient aux Romains de l'Antiquité, à Brutus, à Caton, à Auguste, chers à Ourika. Et ils affirmaient leur volonté de ne reculer devant rien pour établir en France une république pure et dure. Les émigrés ? Tous ceux qui ne seraient pas rentrés avant le 1er janvier seraient condamnés à mort et leurs biens confisqués. « Il faut couper la partie gangrenée pour sauver le reste du corps ! » n'avait pas hésité à proclamer Isnard à la tribune. Et Alphonse qui avait repris le mot à son compte le citait à tout propos.

Ourika entraînait Alphonse partout où elle désirait se rendre depuis longtemps, mais où, seule ou avec Mélanie, elle ne pouvait pas aller : à l'Opéra, à la Comédie Française, dans des cercles de jeu. Elle prenait plaisir à s'habiller. Parfois il l'emmenait dans un restaurant à la mode ou dans un dîner où son élégance sobre et sa beauté noire étonnaient et séduisaient.

Au cours des premières semaines de leur liaison, Alphonse avait reparlé, avec fougue et insistance, de leur mariage. Peu importaient sa couleur et ses origines. Ils s'aimaient, et c'était bien suffisant.

Elle aurait dû en être transportéc. Son rêve le plus cher et le plus fou n'était-il pas de se faire une place dans une société qui n'avait pas prévu son cas ? N'était-ce pas répondre superbement au défi lancé d'une fenêtre ouverte, un jour de 1789, par la comtesse de Breteuil ? Et Alphonse Lemercier n'était-il pas, n'étant ni noble ni roturier, ni riche ni pauvre, juste l'homme qu'il lui fallait pour assurer son équilibre social ?

Bizarrement pourtant le sentiment qui dominait en elle, quand Alphonse lui parlait d'épousailles, était un sentiment de circonspection et de prudence. Pourquoi ? Elle n'aurait pas su le dire et ne cherchait pas à le savoir. Mais, dans son instinct le plus profond, là où n'atteint pas la conscience claire, quelque chose lui signifiait de ne pas s'engager. Comme si les protestations d'Alphonse, les projets d'Alphonse, la passion d'Alphonse cachaient une réalité qui ne manquerait pas, un jour ou l'autre, de se révéler. Une fissure çà ou là. Alors elle lui disait : « Nous avons le temps. Le bonheur est un lien plus important que le mariage. Un couple n'existe que par l'amour. Je suis Outis, c'est-à-dire personne. Le moment n'est pas encore venu de me donner un nom. »

On eût étonné Ourika en lui affirmant que ses hésitations étaient à porter au déficit de son amant. Elle croyait qu'elle résistait par grandeur d'âme et pour ne pas contraindre Alphonse à nouer un lien qu'il aurait à regretter.

Mais c'était elle, en vérité, qui n'entendait pas se ligoter.

124

Les semaines, les mois s'écoulant, il ne parla presque plus de mariage, puis plus du tout. Il adorait toujours sa "reine noire", mais sa passion politique emportait tout. Le parti des Girondins, au début de 1792, était devenu le parti de la France. Ils dominaient l'Assemblée de leur verve, de leur véhémence, de leur imagination.

Alphonse qui les admirait en bloc s'était mis à leur service et ne jurait que par Vergniaud, Isnard, Brissot, Petion. Il racontait à Ourika leurs luttes, leurs desseins, leurs engagements et sa conviction était si chaleureuse qu'Ourika, quand elle ne partageait pas son opinion, n'avait pas le courage de le contredire. Quand elle essayait, il se fâchait, la traitait d'ignorante, reprenait inlassablement ses arguments. Et comme il était fatigué et qu'il avait surtout besoin de tendresse, elle se taisait alors, l'approuvait, le rassurait.

Il lui parlait de plus en plus souvent de guerre. De guerre possible, puis souhaitable. Un jour qu'elle l'accompagnait dans Paris, il avait aperçu, sur les Champs-Elysées, un officier superbe et très entouré. Il s'était approché et l'avait embrassé. C'était le général Dumouriez et Paris l'adorait. Grand, mince, le buste serré dans son uniforme, le visage net, avec quelque chose d'insensible dans le regard, il salua Ourika très bas, lui chuchota quelques mots gracieux, puis disparut dans la foule. Alphonse paraissait illuminé par cette rencontre. Ourika, elle, s'interrogeait.

« Peut-être la Révolution a-t-elle besoin d'une guerre pour se consolider » avait déclaré le Jacobin Couthon. Alphonse, lui, n'en doutait pas. Il voulait la guerre pour restaurer l'unité de la France et pour libérer le monde des tyrans qui l'encombraient. Et Ourika demeurait de plus en plus souvent seule, tandis que son amant prenait parti, s'enflammait contre "Monsieur Veto", brûlait d'une passion dévastatrice pour son pays et pour la liberté.

Un soir de mars il rentra ivre de bonheur. Ça y était. Les Girondins avaient été investis du gouvernement. Dumouriez avait les Affaires Etrangères, de Grave la Guerre, Duranton la Justice, Roland l'Intérieur. Lui-même, Alphonse, avait été chargé de missions et d'enquêtes. Il aurait à voyager en province, à accompagner Roland à l'Assemblée. Peut-être même aurait-il accès à la Cour !

« Tiens, remarqua Ourika, le roi n'est plus votre ennemi ?

– Il approuve la Constitution, choisit les meilleurs ministres et les assure de toute sa confiance. Que lui demander de plus ? »

Elle le regardait avec de plus en plus d'incertitude. Comment pouvait-il, en quelques jours, passer ainsi d'une extrémité à l'autre ? Comment Louis XVI pouvait-il sans arrière-pensée vouloir d'une Constitution qui restreignait son pouvoir à ce point ? N'était-il pas trop tard pour jouer le jeu du souverain plutôt que celui du peuple ? N'était-ce pas jouer avec le feu ?

126

Mais Alphonse était si heureux et si fier. Il était au cœur de la mêlée. Il participait aux grandes décisions. Et il était reçu dans le plus important des salons parisiens, celui de madame Roland, la femme du ministre, rue Guénégaud, puis rue de la Harpe.

« Pourquoi ne m'y emmènes-tu pas ? demandait Ourika.

– Parce que Manon s'est imposé de ne recevoir en visite et de n'inviter à ses repas aucune femme. Nous ne nous rendons chez elle que pour travailler.

– Serait-elle un homme, elle aussi ?

– Elle l'est, tu peux le croire. »

Ourika, de loin, admirait cette femme qui était un homme. Mais elle en voulait à Alphonse de ne pas reconnaître, en elle, les mêmes capacités.

*

L'idylle entre le roi et les Girondins fut de courte durée. Roland et son équipe ayant entrepris, courageusement, de "désaristocratiser" la France, le corps diplomatique, les postes, l'armée, le clergé, une nouvelle crise éclata, coïncidant avec des bruits de guerre de plus en plus alarmants.

Alphonse vivait mal cette effervescence. Agité d'émotions contradictoires, enlevant sa confiance aussi vite qu'il la donnait, il avait de plus en plus de difficulté à justifier ses positions, n'écoutait plus personne, passait chez lui en coup de vent, s'excusant, s'enfiévrant, s'écroulant quelquefois pour repartir de

127

plus belle, se réfugiant dans les mots, les explications, les formules, donnant le spectacle enfin d'une animation qui tournait à vide, sans répit et sans raison.

Un soir qu'il avait annoncé à Ourika qu'il s'absentait une semaine, étant appelé pour une affaire grave dans le nord, Ourika entendit frapper à sa porte. Elle ouvrit et n'en crut pas ses yeux. C'était Louis-Joseph !

Elle hésitait. Tout se bousculait.

« Bonjour, Ourika, dit-il. Je peux entrer ?

– Bien sûr, dit-elle. Je suis seule. Sans cela, c'eût été difficile. »

Elle imaginait Alphonse et Louis-Joseph face à face. Et elle entre les deux !

« Comment m'as-tu retrouvée ? demanda-t-elle.

– Par la vieille comtesse de Mérelle et par un grand hurluberlu au nom bizarre, Montgêtre, je crois. Ils savent tout là-bas. Ils m'ont dit que tu fréquentais le jeune et bouillant Lemercier. Et même qu'il était absent de chez lui. »

On l'espionnait donc, ainsi qu'on l'avait prévenue. Elle haussa les épaules. C'était exaspérant, mais méprisable.

« Que viens-tu faire ici, Louis-Joseph ? Tu travailles pour eux ? »

Il la regarda un moment, toujours debout, incertain sur la conduite à tenir. Ce qu'il avait à dire passait mal. Et cela se voyait.

Elle se radoucit.

« J'ai un service à te demander. »

128

Louis-Joseph, un service à Ourika !

« Dis. »

Il s'assit avec lassitude et raconta. Il avait rejoint dès 1790 les émigrés de Condé, bien décidé à ne revenir en France que pour la reconquérir. Mais il avait pris en horreur son long exil : les rodomontades des généraux français et le mépris des Allemands à leur égard. La guerre de libération se faisait attendre. Et l'on affirmait qu'en France la situation n'était pas sans issue. Alors, quand l'Assemblée avait décrété que les émigrés qui ne rentreraient pas avant la fin de 1791 encourraient la peine de mort, il avait préféré revenir.

Il espérait que la France traditionnelle serait la plus forte et que le peuple comprendrait où était son intérêt. Mais il avait vu depuis trois mois la situation se détériorer. Lui-même ne se sentait plus en sécurité nulle part. Au lieu de consentir à lui confier un commandement, on l'avait menacé de représailles, de déchéance. Enfin, aux Tuileries, dans l'entourage de la reine, on lui avait affirmé que la Cour mettait son dernier espoir dans une guerre totale qui viendrait à bout de la révolution.

« J'ai donc décidé de repartir. Je l'ai annoncé à notre mère. Mais comme elle me savait en danger, elle m'a supplié de venir te voir. Elle te cachera le temps qu'il faudra, m'a-t-elle dit. J'ai besoin de trois jours de sécurité. »

Il n'était plus l'officier brutal et sûr de lui dont il aimait à jouer le rôlc, mais un être sensible dont elle avait souvent deviné l'existence sous sa carapace.

« Sais-tu bien avec qui je vis ? Comment peux-tu avoir confiance en moi ? »

Il avait, d'un geste las, balayé ses réticences.

« Il me semble que si je ne croyais plus en l'honnêteté d'Ourika, je ne croirais plus en Dieu ! »

Louis-Joseph, grands dieux ! C'était lui qui disait cela.

Elle lui donna à boire et à manger, s'assit à ses côtés. Et ils s'entretinrent une partie de la nuit comme ils ne l'avaient pas fait de toute leur existence.

De Madame de Mirmont et du château : « Elle tremble pour toi plus que pour elle. Elle n'espère plus rien de la vie, sauf ton retour. »

De Claude et de Marie : « Ils vivent dans l'inconscience et l'inconséquence. Elle s'acharne à attendre tout de lui. Et il n'attend plus rien de personne. »

Elle n'osait pas prononcer le nom de Guillaume. C'est lui qui s'en chargea.

« On m'a dit à Mirmont que Guillaume venait de s'enrôler comme volontaire. Nous allons donc pouvoir régler nos comptes face à face ! »

Il était repris par son arrogance. Elle eut envie de lui tenir tête.

« Crois-tu qu'il soit plus important de sauver le roi que de sauver la France ?

– Ce qui est important, Ourika, c'est d'affirmer qu'il ne peut pas y avoir de France sans le roi. »

Il n'en démordait pas. Il avait besoin de cette idée fixe pour continuer à vivre. Et c'est à elle qu'il se fiait, désespérément, comme le marin à la lueur du phare, dans la tempête.

« Si je trahissais le roi, dit-il, je n'aurais plus d'air à respirer. »

C'était sa grandeur à lui. On ne répliquait pas à une raison d'être.

Ourika offrit sa chambre à Louis-Joseph. Mais il la refusa. Un simple matelas dans un coin suffirait.

*

Louis-Joseph resta caché quatre jours chez Ourika, ne sortant qu'à la nuit pour préparer son départ. Il se livrait à ses derniers préparatifs en attendant la jeune fille pour lui dire adieu, lorsqu'on frappa à la porte. Il crut ouvrir à Ourika. Il reconnut Guillaume en habits militaires.

Le paysan-soldat, stupéfait, reculait. Louis-Joseph ouvrit largement la porte.

« Entre, Guillaume, j'allais partir. Je ne suis ici que depuis quelques jours et Ourika a bien voulu me cacher. Je suis indésirable en France, vois-tu. Je vais regagner, hors de nos frontières, les armées de notre roi. »

Guillaume avait du mal à reprendre ses esprits.

« Ourika ? demanda-t-il.

– Elle va bien. Elle a l'air heureuse. Elle n'a pas changé. »

Ils étaient là, face à face. Ils se détestaient depuis toujours.

« La prochaine fois que nous nous rencontrerons, dit tout à coup Louis-Joseph, je te tuerai.

– Vous pourrez me tuer, répondit paisiblement Guillaume, mais vous ne tuerez pas notre pays.

– Sais-tu seulement de quoi tu parles ? Qui te permet de parler au nom de ce pays ?

– Il faut bien que nous le fassions puisque vous ne le faites plus. »

Louis-Joseph se maîtrisait difficilement. Il ne disposait que d'arguments qu'il était aisé de retourner contre lui. Et il le sentait.

« Tu ne te crois tout de même pas capable de m'impressionner. Tu ne crois pas que des gueux de ton espèce sauront se battre contre les soldats du roi... »

Guillaume haussa les épaules. Il n'avait pas envie de discuter.

« S'il vous plaît de vous y frotter » lâcha-t-il...

Exaspéré, Louis-Joseph bondit vers lui. Guillaume se contenta de l'écarter. Mais comme l'officier essayait de le prendre à la gorge, le paysan le repoussa si brutalement qu'il tomba à la renverse.

Il se relevait, fou de rage, lorsque la porte s'ouvrit, livrant passage à Ourika.

Elle eut conscience, en un coup d'œil, de ce qui se passait.

Se précipitant devant Louis-Joseph, en quelques mots, elle le calma.

« Ça suffit, dit-elle. Tu n'es pas chez moi pour te battre. Tu te battras où tu voudras, mais pas ici. Et pas contre cet homme à qui je dois tout. »

132

Elle ajouta, par défi et pour bien marquer son camp : « Contre cet homme dont la France a besoin. »

Louis-Joseph hésita un moment et se retint.

Il embrassa Ourika, très vite, et lança avant de sortir :

« A bientôt, Guillaume ! Nos armes à la main... »

*

« Tu lui as tout dit, de ton idéal, de ta détermination ? De ce qu'allait avoir d'irrésistible votre élan, votre passion ? Tu lui as tout dit de l'authenticité de ton combat et de l'authenticité de sa trahison ? Tu lui as tout dit , Guillaume ? »

Ourika voulait tout savoir de leur affrontement. Elle était tout excitée à l'idée de ce qui venait de se passer chez elle et qui symbolisait parfaitement le conflit d'une France déchirée en deux. Guillaume contre Louis-Joseph ! Elle n'avait jamais rêvé bataille plus exemplaire. Et à l'avantage de Guillaume !

Celui-ci riait, mais la dissuadait.

« Tu serais restée sur ta faim. Nous n'étions pas au théâtre et nous n'avions pas besoin de parler. Car tout ce que j'avais à lui dire, Ourika, il le savait ! Et c'est même parce qu'il le savait qu'il était fou de rage. Et c'est parce qu'ils le savent aussi, ajouta-t-il, tous ces soldats perdus, que nous remporterons la victoire. »

Guillaume et Ourika s'étaient retrouvés avec un plaisir inimaginable.

Il n'avait réclamé aucun détail sur son existence,

sur son bonheur, sur son amant. Il l'avait embrassée simplement en lui tendant les premières fleurs de lilas cueillies dans les massifs de leur enfance. Puis, il avait parlé de lui, de son père disparu, de son travail sans problème, enfin de son désir, indéfectible, de secourir son pays qui allait courir le risque le plus lourd de son histoire. « Nous sommes plusieurs au village à nous être enrôlés ensemble. Nous ne reviendrons que lorsque nos terres seront sauvées. »

C'était si simple, si évident. Ourika ressentit tout à coup en l'écoutant la vanité de sa vie à elle et de tous ceux qui l'entouraient. Un grand élan la prit : pourquoi ne le suivrait-elle pas ? Elle avait entendu dire qu'à plusieurs reprises, en province, à Paris, des femmes avaient demandé à prendre les armes. Une pétition avait été récemment déposée dans ce sens à l'Assemblée Législative.

Elle en rêva un moment, se vit harnachée comme une amazone, tandis que Guillaume parlait. Elle en rêva, mais ne dit rien. Il l'en eût, sans nul doute, dissuadée.

Mais qu'elle se sentait tranquille auprès de Guillaume ! Comme dans les champs lorsqu'ils s'y asseyaient ensemble. Comme dans les forêts où il n'y avait à entendre que le chant des oiseaux.

Elle était à Paris pourtant. Et il y avait Alphonse, si démuni, si vulnérable.

Elle écoutait Guillaume. Et quand il se tut elle eut conscience d'un frémissement en elle qui était le signe de quelque chose d'important.

134

Elle avait failli se jeter dans les bras de son premier amant. Mais elle avait résisté. Et c'était bien.

Quand il refusa la chambre qu'elle lui offrait pour la nuit, elle fut en quelque manière soulagée.

Elle l'accompagna jusqu'à la rue, l'embrassa, lui fit jurer de donner souvent de ses nouvelles.

Puis elle rentra, car elle avait à faire ses comptes.

Louis-Joseph et Guillaume étaient allés, chacun, vers leur destin. Ils avaient la chance de savoir exactement où il se trouvait.

Alphonse ne le savait pas, et c'était son drame.

Eh bien ! se disait-elle, je ne dois plus rester l'ombre de cette ombre. Je dois l'aider à choisir, lui aussi, sa destinée.

Pour cela, elle chercherait où était son rôle, à elle.

Et elle le jouerait, pleinement.

*

Elle songea énormément et avec émotion à Guillaume et à Louis-Joseph les jours suivants et, surtout, le 20 avril lorsque l'Assemblée déclara la guerre à l'Autriche et que Louis XVI lui-même approuva cette décision. « Ce que je voulais dire, proclama devant l'Assemblée un député, au milieu de l'effervescence générale, c'est qu'il faut déclarer la guerre aux rois et la paix aux peuples. »

Ourika et Alphonse se mêlèrent, pendant ces jours de plénitude, à l'ivresse d'une population débordante de patriotisme. « Pendant ton absence, avait-elle essayé de lui dire, j'ai revu des parents, des amis. Ils allaient faire la guerre. » Alphonse n'avait réclamé aucune précision. C'étaient ses amis à lui, sa guerre à lui qui l'intéressaient.

La France n'avait pas plus tôt pris les armes qu'elle apprenait les désastres de Lille et de Quiévrain. On disait les Autrichiens aux portes de Paris. Et quand le roi congédia Roland et plusieurs autres ministres qui revendiquaient le rassemblement de vingt mille Fédérés à Paris, Alphonse n'eut pas de paroles trop sévères pour ce "farceur sinistre" et ce "traitre stipendié".

Un soir, au comble de l'exaltation, il raconta à Ourika comment avait été mise au point, chez Madame Roland, une journée d'émeute destinée à montrer à la famille royale que la nation ne faiblirait pas. Et le 20 juin, au lieu de fêter les 19 ans d'Ourika et le premier anniversaire de leur rencontre, comme il le lui avait promis, il était avec ses amis à l'Assemblée, là où plusieurs milliers d'hommes envahissaient, pendant plusieurs heures, le Manège, avant de se rendre aux Tuileries pour y bousculer, y injurier, y humilier le roi.

Alphonse cependant, en relatant ces événements, trahissait un trouble et une incertitude suspects. Il les approuvait et les désapprouvait, comme s'il en était tour à tour le complice et le censeur. Et Ourika qui s'était juré de l'aider à trouver sa direction et à s'y tenir, déplorait cette indécision qu'elle estimait pire que l'erreur. « Ou tu fais la révolution ou tu as pitié, lui cria-t-elle un jour, excédée. Tu ne peux pas faire les deux ! » Mais il l'écoutait moins que jamais, haussant d'autant plus le ton qu'il se sentait fragile, s'entêtant à démonter et à remonter ses contradictions, misérable à force d'accumuler de bonnes raisons qui, mises bout à bout, le conduiraient fatalement à avoir tort.

Remarquons ici que, si Ourika l'avait aimé aveuglément, elle eût été touchée par le drame d'un homme qui devine qu'il se perd en s'obstinant dans ses tâtonnements, mais qui est pourtant dans l'incapacité d'agir d'une autre manière. Mais Ourika, chaque jour davantage, prenait ses distances et regardait perdre pied celui qui semblait avoir décidé de se noyer.

Déjà Ourika, il faut le noter objectivement, était plus Ourika qu'Alphonse. Et son caractère était plus entier que son amour.

Le formidable été 92, avec ses convulsions et ses tumultes, ses embrasements et ses embrassements, ses soulèvements et ses humiliations, ses aspirations et ses souillures, ses râles de mort et ses chants de liberté, élargit inexorablement la fêlure entre les amants. Ces quelques mois, du 20 juin au 20 septembre, de l'émeute des Tuileries au coup de théâtre de Valmy, en passant par le 10 août et les massacres de septembre, par la déchéance et l'arrestation du roi, précipitèrent l'histoire et accélérèrent du même coup les sentiments et les rapports de ceux qui étaient appelés à les vivre. Ils furent, dans le flamboiement des armes et des mots, une incomparable épreuve de vérité. Extraordinaire moment où, du bouillonnement cataclysmique des choses et des êtres, surgit un monde nouveau. Où de la plus abominable injustice pouvait naître une aurore. Où nul ne savait jusqu'au dénouement s'il allait être une victime ou un bourreau.

Alphonse traversa toute cette période comme s'il était ivre, l'emphase à la bouche et trébuchant à chaque pas. Alors que les premiers événements semblaient lui sourire, ainsi qu'à ses amis girondins, ses scrupules incessants, sa volonté exacerbée d'être en règle avec lui-même le paralysaient. Il avait toujours condamné le roi, mais il se braquait devant une déchéance acquise dans l'horreur. Le 10 août, tandis que le tocsin sonnait lugubrement, il maudissait Danton, responsable à ses yeux de tous les excès. Lors des massacres des prisons, en septembre, ce fut pire encore. Alphonse, usé par les veilles et les altercations, perdit tout son sang-froid et, comme un Hamlet de pacotille, se réveillait la nuit en hurlant d'épouvante. De tous ces corps torturés, dépecés, profanés, n'était-il pas responsable ? Comment pourrait-il jamais s'en laver les mains ?

Ourika trembla, elle aussi, pendant ces terribles journées. Comme Lucile Desmoulins, elle pleura, seule, "en écoutant le son de cette fatale cloche". Mais la faiblesse et les déchirements d'Alphonse, au lieu de l'attendrir, l'aguerrirent et l'endurcirent. N'y avait-il pas mieux à faire que de gémir ? Et ne pouvait-on pas essayer de discerner ce que pourrait être, par delà les malheureuses victimes d'août et de septembre, l'avenir de la France ? Qui pouvait dire quelle serait la fortune de ces atrocités ?

Elle s'obligea donc – sans effort démesuré – à garder son calme et à analyser les événements au lieu d'en être le jouet. Les lettres de Guillaume qui lui parvenaient régulièrement parlaient de courage, d'avenir, d'honneur. Cela aussi existait. Et quand on apprit que les va-nu-pieds de Kellermann et de Dumouriez avaient découragé et repoussé les soldats du grand Frédéric, elle s'écria : « Alphonse, nous aurons connu Valmy ! Valmy, c'est nous, tu comprends ? »

Il était trop meurtri pour se réjouir. Elle ne cherchait qu'un prétexte à retrouver la foi.

La discussion qu'ils eurent ce soir-là éclaira la profondeur de leur déchirure. Il était décidément si englué dans le présent qu'aucun horizon ne lui semblait perceptible. Elle recevait sans broncher le choc de chaque catastrophe en cherchant à y voir le signe d'espoir qu'elle contenait. Pour lui, la révolution s'était irrémédiablement compromise. Pour elle, elle ne faisait que rebondir, indissociable qu'elle était de ses tares comme de ses richesses.

Il sortit, blessé jusqu'au désespoir, de cette tourmente décisive. Elle y lut comme un message, comme un appel.

Et elle eut brusquement beaucoup moins envie de protéger Alphonse que de participer elle-même à tout ce que préfigurait ce bouleversement d'un été.

*

Alphonse cependant reprit pour quelque temps, en apparence, goût à la vie. L'abolition de la royauté et la proclamation de la République par la nouvelle Assemblée lui avaient rendu un semblant de sourire. Après les succès des armées françaises en Belgique, en Suisse, en Savoie, à Nice, Dumouriez, revenu dans la capitale, fut fêté comme un sauveur par ses amis girondins. Il y eut encore des soirées brillantes chez Madame Roland et chez Julie Talma.

Alphonse y participait et en revenait, titubant.

Ourika le regardait, impassible.

Elle savait avec certitude où cela le mènerait.

Décidée à connaître l'autre face de la réalité politique, elle avait renoué avec son amie Mélanie, qu'elle avait retrouvée aussi vive, aussi spontanée, mais plus engagée que jamais.

« Qu'as-tu fait, citoyenne, depuis plus d'un an ? demandait Mélanie.

– J'ai aimé, citoyenne. Tu me le reproches ?

– Tu es libre. Si quelqu'un peut te le reprocher, c'est toi ! »

Merveilleuse Mélanie, comme elle touchait juste du premier coup !

« Peut-être ai-je perdu mon temps, dit Ourika. Mais peut-être devais-je en passer par là pour ouvrir les yeux. La preuve, c'est que je suis là. »

Où en était Mélanie de son combat ? Comment avait-elle traversé tant d'événements ? Fréquentait-elle toujours Danton, l'homme dont on affirmait qu'il était responsable de tout ce que la France venait de vivre de

140

sinistre et de flamboyant ?

« L'histoire, répondait Mélanie, ne retiendra que les flammes. Les cendres, elle soufflera dessus. Quant à Danton, il baise qui il veut, ça ne regarde personne. Ce qui nous chaut, c'est qu'avec sa gueule et ses boniments, il aille droit au but qu'il s'est fixé. En écartant de sa route les vicieux, les tordus, les hypocrites et les impuissants. Comme tes Girondins, ma belle, comme tes Girondins ! »

Elle avait regardé Ourika, interloquée, en riant, puis s'était jetée à l'eau :

« Pourquoi ne viendrais-tu pas les voir de plus près, ces hommes qui nous poussent au cul ? On dirait que tu en as peur. Tu es une drôle de fille, tout de même. Tout devrait te convaincre d'être des nôtres. Contre tous les affameurs, les profiteurs, les bourgeois diviseurs et les sectaires. Et tu hésites ! Tu préfères tes ennemis ! »

Ourika avait déjà entendu ce raisonnement. Dans la bouche de Guillaume, il y avait un sacré bout de temps.

« C'est que je n'étais pas prête, Mélanie. Maintenant, je crois que je le suis. »

*

Le soir même elle accompagna son amie aux Jacobins. Là où, selon la formule consacrée, "on s'honorait du titre de citoyen".

Il y était question de sucre et de savon. Et de la

nécessité de convaincre la Convention Nationale, qui siégeait depuis peu, que l'aggravation de la crise économique était, pour la révolution, la pire des menaces. « Comment les délégués du peuple ne comprennent-ils pas qu'il est impossible, et même dangereux, de remettre indéfiniment le bonheur à demain ? », s'écriait un orateur au moment où Ourika s'installait dans la tribune.

Elle avait pénétré avec timidité dans cette salle mal éclairée où les femmes n'étaient admises que depuis quelques mois et où, selon une devise peinte sur les murs, il fallait "penser en homme et se conduire en républicain". Ce qui l'étonna d'abord, ce fut la discipline. Lorsqu'une question avait été proposée par un orateur, n'importe quel assistant pouvait exposer son point de vue. On ne l'interrompait que s'il se perdait en digressions intempestives. Dans ce cas-là, lorsque plusieurs citoyens s'étaient levés en signe de désaccord et avaient esquissé un mouvement vers la sortie, le président intervenait et pouvait mettre fin au discours. Si personne ne réclamait la parole, la motion était mise aux voix.

On parlait de tout aux Jacobins ainsi que dans les centaines de sociétés populaires qui se multipliaient à Paris et en province. « Les amis de la liberté sont dans toute la France, avait déclaré un député chargé par l'Assemblée Législative d'un rapport sur ce sujet, mais ses amants sont dans les clubs. » On savait le rôle considérable que ces sociétés avaient joué dans le mouvement populaire qui aboutit, le 10 août, au renversement du trône.

Ourika très vite se sentit à l'aise au milieu des commerçants, des artisans, des boutiquiers qui remplissaient les tribunes et qui s'initiaient avec sérieux au jeu nouveau de la démocratie. Elle prit l'habitude de s'y rendre en fin de journée même quand Mélanie, que rebutaient les débats trop compliqués, ne l'accompagnait pas.

Et c'est là, parmi cette population simple, parfois misérable, mais presque toujours saine, de la capitale, que, peu à peu, elle qui n'avait jamais vraiment pris parti, se décida enfin à rentrer dans le jeu et à épouser une révolution qu'elle n'avait fait jusqu'ici que côtoyer.

Les problèmes purement politiques persistaient à ne pas la passionner. Et c'est encore une fois par le biais de sa condition de femme et de noire qu'elle aborda le vaste tourbillon de pensée et d'action qui était en train de déferler sur la France.

D'abord se renseigner. Où en était la contestation féminine et raciale ? De quels progrès concrets pouvaient se targuer les défenseurs des droits du sexe féminin et des droits des nègres ?

Certes, on en parlait beaucoup. On citait Olympe de Gouges et ses "Droits de la femme et de la citoyenne", publiés dès 1791, qui réclamaient la stricte égalité des sexes et la participation des femmes à la vie politique. On citait Théroigne de Méricourt et Claire Lacombe dont "le courage", dans la journée du 10 août, avait été signalé dans *Le Moniteur*. On citait la Hollandaise Etta Palm, fondatrice de la "Société des

Amies de la Vérité" et porte-parole des femmes, en avril 1792, devant l'Assemblée.

C'était grâce à ces femmes de Paris et à beaucoup d'autres en province – à Dijon, à Breteuil, à Civray-en-Poitou, à Lyon, à Corbeil, à Besançon – que des "Sociétés fraternelles de l'un et l'autre sexe", puis des clubs féminins s'étaient formés, qui intervenaient dans tous les domaines de la rénovation nationale : instruction civique, éducation des filles, assistance publique et, même, défense nationale. Et qui, depuis l'installation de la Convention, étaient décidés à se mêler de très près à la révolution en marche.

Ourika, devant ce large mouvement dont elle était honteuse de prendre conscience si tardivement, ressentait de la fierté, mais en même temps une certaine appréhension. Elle se rendait compte qu'à vouloir aller trop loin, ses compagnes risquaient de voir leur combat se retourner contre elles. C'est ainsi que lorsque Théroigne de Méricourt voulut haranguer les femmes du Faubourg Saint-Antoine dans le but de former une légion féminine, bousculée par une foule hostile, elle ne dut qu'à l'intervention de la section des Enfants Trouvés de pouvoir s'échapper.

Et à la demande pourtant motivée de Pauline Léon d'admettre les femmes à prendre les armes, un député, Dehaussy-Robecourt, avait répliqué, aux applaudissements de l'Assemblée Législative :

« Gardons-nous d'intervertir l'ordre de la nature. Elle n'a point destiné les femmes à donner la mort. »

« Et puis, notait encore Ourika dans son journal, si je suis femme, je suis noire également. Et ce serait compromettre à la fois deux batailles que de prétendre les livrer sans retenue. »

C'est ainsi, lui avait-on raconté, qu'en juillet 1791 – alors qu'elle n'avait d'yeux que pour Alphonse – deux jeunes noires avaient été exclues de la "Société fraternelle des patriotes des deux sexes", parce qu'elles avaient réclamé le renversement des statues royales de Paris, cherché à faire sonner le tocsin à Saint-Roch le 14 juillet et propagé sur la voie publique des motions turbulentes et incendiaires ! En 1791 également, lorsque des femmes venues de Nantes avaient malmené des Carmélites dans leur couvent, une "femme nègre" s'était montrée particulièrement enragée et avait été dénoncée avec horreur.

Ourika mit donc tout en œuvre pour que sa propre image, toute de douceur, de charme et d'éducation, contrecarrât l'opinion brutale et simpliste que l'on avait de certaines "furies" et des "gens de couleur".

Son aspect extérieur lui-même s'était par ailleurs modifié. Elle avait simplifié ses vêtements et sa coiffure et adopté des parures sobres, agréables à porter – fichus de linon, robes d'indienne fine – qui mettaient en évidence sa grâce et sa fraîcheur bien mieux que les ornements anciens. Elle avait enfin l'impression d'avoir le droit d'être elle-même, de disposer de tous ses mouvements, de s'accorder à son époque et à ses mœurs. D'exister enfin, au lieu de n'être personne. Sur la peau noire de ses bras souvent nus éclatait le seul ruban, encore plus noir , de son bracelet d'enfant.

Aux Jacobins, aux Cordeliers, dans tous les clubs qu'elle fréquentait, on lui souriait, on liait conversation, on l'admettait sans réserve. En elle se conjuguaient, sans qu'elle s'en rendît bien compte, la supériorité de son éducation, l'originalité de sa race et la simplicité de son comportement. Tout ce qui l'avait desservie et marginalisée dans le passé, subitement, se mettait à parler pour elle. Quand on l'apercevait, jolie, tranquille, éveillée, vivante, c'est un frémissement de plaisir qui se dessinait et non cet air de dédain ou de mépris qui l'avait tellement effarouchée.

Elle était bien entendu courtisée par la plupart des hommes qui l'approchaient. Mais elle refusait de leur céder, moins sans doute par fidélité à Alphonse que par fidélité à elle-même et pour ne pas donner de gages ou d'arguments contre elle à ceux qui se révèleraient des ennemis. « Elle ne doit aimer que les femmes », dit un jour à voix haute un de ces séducteurs déçus en la voyant rire au milieu d'un groupe de jeunes filles à l'allure libre.

Ourika se garda de le contredire.

Elle hésitait de moins en moins à prendre la parole en public. Et elle fut aux anges lorsqu'un jour, aux Jacobins, ce fut à elle que l'on s'adressa pour élaborer et présenter un rapport sur le rôle des Noirs dans la société de demain.

Elle travailla plusieurs semaines sur le rapport, étudia avec soin les textes des débats auxquels l'Assemblée s'était livrée à ce sujet. En contradiction flagrante avec la Déclaration des droits de l'homme, la Constituante avait maintenu l'esclavage aux colonies, alors qu'elle l'abolissait en France, et refusé l'égalité des droits politiques aux hommes de couleur libres. C'est au cours d'un de ces débats dramatiques opposant les alliés des colons esclavagistes aux Amis des Noirs que Robespierre s'était écrié : « Périssent les colonies plutôt qu'un principe ! »

Devant les Jacobins, le propos d'Ourika fut écouté avec respect, puis applaudi et enfin discuté. Elle s'était gardée de réclamer tout tout de suite, reconnaissant l'avance prise par la race blanche, comme par les hommes, dans le progrès scientifique et la conduite des affaires, et évitant de se prononcer sur des questions trop brutales telles que l'éligibilité immédiate des noirs et leur accession aux plus hautes fonctions de l'Etat. Mais sur les principes mêmes d'égalité et de fraternité, sur ce que ces principes avaient de sacré aux yeux des révolutionnaires et sur le rôle que la France avait à jouer pour qu'ils fussent admis, à l'avenir, par la terre entière, elle fut brillante, convaincante et sans concession.

En développant les arguments qu'elle avait soigneusement rédigés, en y ajoutant, ici ou là des mots, des phrases de son cru, en se permettant de regarder le public en face comme si elle était sur une

147

scène, Ourika, toute droite et toute femme, frémissait d'une émotion sans pareille et d'une fierté qu'elle eût voulu renvoyer aux rivages dont elle avait été arrachée à quelques mois.

On examina son discours. On souleva de nombreuses critiques. Les vieilles théories de supériorité blanche n'allaient pas s'écrouler, même au milieu du peuple, si aisément. Et surtout on admettait difficilement qu'une femme pût parler au nom des Noirs et mêler ingénument les droits de sa race à ceux de son sexe. Cela n'avait rien à voir ! Mais, dans ses réponses, Ourika, détendue, fut si habile, si compétente et si persuasive, ses mots sonnaient si juste, et répandaient tant de générosité que personne n'osa s'acharner contre elle. N'était-elle pas l'exemple vivant, comme femme et comme noire, des théories qu'elle venait d'avancer ? On l'acclama. On lui fit fête.

Ourika, ivre d'elle-même, avait la sensation qu'elle venait pour la première fois d'entrer au port.

Accompagnée d'admirateurs de tout acabit, elle traîna longtemps ce soir-là dans Paris. On était en novembre et il faisait encore doux. La victoire de Jemmapes et la prise de Bruxelles par Dumouriez enflammaient les imaginations. Et même les Montagnards les plus longtemps opposés à la guerre étaient devenus bellicistes et réclamaient pour la France des "frontières naturelles", qui aillent jusqu'à l'absorption, au nord, de la Hollande.

« Mais pourquoi, demandait Ourika, la révolution se fixerait-elle des frontières ? »

148

On riait. On lui donnait raison. On l'appelait "Ourika-Révolution." L'Europe demain, le monde après-demain chasseraient leurs tyrans et ne formeraient plus qu'une nation.

On lui donnerait le beau nom d'Humanité.

*

Ourika rentra si tard cette nuit-là qu'elle fut stupéfaite de découvrir Alphonse, assis dans un fauteuil, qui l'attendait. Elle avait presque fini par l'oublier.

« Où étais-tu, Ourika, si tard... »

Elle n'eut pas à feindre l'étonnement.

« Quelle question ! Il y a longtemps que je ne te demande plus où tu étais quand tu rentres tard. Ou que tu ne rentres pas.

– Oui, mais tu sais où je suis, ce que je fais. Moi, je ne sais plus rien de toi, des gens que tu fréquentes.

– Si cela t'intéressait, tu sais bien que je te le dirais. »

Que cette conversation banale l'ennuyait ! Elle avait sommeil, envie de rêver, seule.

Mais il insistait.

« On ne parle plus jamais. On n'est plus jamais ensemble. Tu ne m'aimes plus. »

Elle eut un bref moment de colère, puis se reprit. Et se résigna. Elle le sentait déboussolé, à bout de nerfs. Il souhaitait une explication. C'était l'occasion.

Elle avança un fauteuil, s'installa à côté de lui :

« Donne-moi un verre. Si tu veux parler, parlons.

– Je veux savoir si tu m'aimes encore.

– Non, dit Ourika, tu veux savoir si tu es encore digne d'amour. »

Il la regarda, médusé.

« Que veux-tu dire ?

– Je veux dire que l'amour, pour moi, ressemble à une graine qui peut tomber au hasard, n'importe où, mais qui ne peut germer qu'à certains endroits, à certaines conditions. On le reçoit d'abord, l'amour, puis on le mérite ! Que fais-tu depuis des mois, Alphonse, pour que je t'aime ? Et comment nous aimerions-nous sans connaître et sans apprécier nos pensées réciproques, les questions que nous nous posons, les difficultés que nous rencontrons ? Tu suis ton courant qui est, si je comprends bien, celui de cette Gironde tâtonnante, vélléitaire, qui ne sait plus très bien si elle marche devant ou derrière la révolution. Moi, Alphonse, j'ai choisi une autre direction. Sans te le dire, parce que tu ne me l'as pas demandé. Mais je suis très avancée, tu sais ? Alors que viens-tu ce soir tout à coup me parler d'amour ? Tu ne crois pas que le sujet n'est pas à l'ordre du jour ? »

Il aurait préféré ne pas la suivre sur ce terrain-là.

« Précisément, dit-il, je pensais que notre amour était assez fort pour exister en dehors de nos engagements politiques. Comme une sorte de refuge, de repos, d'oubli.

– Tu parles ainsi parce que ça t'arrange. Parce

que tes préoccupations, tes occupations te pèsent et t'obsèdent. Moi, elles me passionnent.

– Tu veux dire que ta passion politique t'empêche de m'aimer.

– Je veux dire que je ne peux aimer qu'un homme qui partage ma passion. »

C'était clair. Alphonse crut pouvoir plaider coupable.

« Il est vrai, reconnut-il, que les événements récents me font peur. Et que tout à coup l'allure qu'ils revêtent me pousse à prendre mes distances pour essayer de me retrouver moi-même. A tes côtés. Pour notre bonheur.

– Mais si tu t'arrêtes, Alphonse, tu es perdu !

– Si je continue, Ourika, je me déteste ! »

Sa sincérité la toucha ; mais en même temps elle perçut avec netteté ce que voulaient dire ses amis quand ils maudissaient les Girondins incapables d'assumer jusqu'au bout leur soif de justice révolutionnaire.

Elle fit appel à toutes les ressources de sa dialectique.

« Tu ne penses pas qu'il est bien tard, Alphonse, pour parler d'interrompre les événements ? Et même pour parler de bonheur ? Et même pour parler d'amour ? Tu ne penses pas qu'il y a des choses plus fondamentales et plus urgentes à faire ? Parler de bonheur, au moment où nos ennemis guettent nos moindres signes de relâchement, n'est-ce pas de la faiblesse ? L'idée de bonheur, telle que tu l'entends, ne se cultive bien, me semble-t-il, que dans la paix. Dans cette période héroïque, exceptionnelle, décisive pour tous, elle est lâche, dérisoire, insipide. Elle ne peut que condamner ceux qui la soutiennent.

Car songer à être heureux – ajouta-t-elle avec une flamme dans les yeux – c'est prétendre arrêter la révolution. Or, arrêter la révolution, c'est être contre-révolutionnaire. Et du même coup c'est courir à sa perte. C'est pour te sauver toi-même, Alphonse, que tu ne dois plus, pour le moment, songer à ton bonheur. »

Alphonse écoutait Ourika, saisi par son éloquence, son cynisme, sa passion.

« Tu parles comme Robespierre ! s'écria-t-il soudain avec horreur.

– Non, répliqua-t-elle, je parle comme Ourika ! Si je parlais comme Robespierre, tu ne serais plus là depuis longtemps à m'écouter paisiblement. »

Lancée comme elle l'était maintenant, elle eût poursuivi son discours toute la nuit. Mais Alphonse craqua brusquement. Il ne savait plus à qui il avait affaire. Elle dut le soutenir jusque dans son lit.

*

La netteté de cette discussion rapprocha un moment Alphonse et Ourika. C'est ainsi qu'ils assistèrent ensemble au procès du roi. Mais ils étaient divisés sur ce sujet comme sur tant d'autres. Alphonse était par principe opposé à la peine de mort. Et il approuvait la plupart de ses amis qui proposaient d'interroger le peuple sur la décision à prendre. Certains Girondins, désireux d'être cléments sans oser refuser le régicide, se donnèrent même le ridicule de recommander, à l'encontre de Louis XVI, la "mort avec sursis" !

Ourika, elle, était favorable à l'échafaud par raison. « La révolution, estimait-elle, n'a pas à céder à l'émotion. Reculer devant un pareil exemple à offrir à tous les peuples qui tremblent sous la tyrannie serait une faute pire qu'un crime. Ça n'est pas un homme qu'on doit frapper, c'est un symbole. » Elle était jeune, entière, intransigeante. « Couper cette tête, écrivait-elle encore froidement, c'est couper les ponts avec le passé. C'est rendre inexpiable la révolution. »

Louis XVI fut condamné et exécuté. Mais plusieurs députés girondins n'avaient pas voté la mort. Ce fut suffisant pour qu'on les accusât d'être des ennemis du peuple. Et l'opinion, excitée par des hommes comme Hébert et Marat, criait vengeance. Quand Dumouriez, battu en Hollande et rappelé pour défendre Bruxelles, eut rédigé à l'intention de la Convention une lettre hautaine de réprimande, la Gironde reçut ce nouveau coup de plein fouet. Le soulèvement de l'Ouest, puis la trahison définitive du vainqueur de Valmy aggravèrent encore la position de ces "indulgents", qui ne pouvaient être que des traîtres puisqu'ils refusaient d'accompagner le peuple jusqu'au bout. Quand Marat, puis Hébert, dont les Girondins avaient obtenu l'arrestation, furent relâchés, Ourika, qui vivait dans l'exaltation ces journées historiques, triompha.

Il n'y avait désormais en elle plus de place pour le sentiment. Entraînée par un milieu qui l'avait adoptée et où elle se sentait bien, elle vivait "sa" révolution comme une croisade ou un apostolat. La fréquentation quotidienne de ces hommes et de ces femmes, ivres de dépassement et de certitude, riches de projets et de fantasmes, farouchement attachés à leur cause, prêts à tout pour la voir triompher, était, pour la jeune Noire, une source constante d'émerveillement et d'enthousiasme. Quand on est emporté par un courant aussi violent, on ne peut guère l'analyser, encore moins le renverser. Elle était subjuguée par une force qu'elle adorait. Elle découvrait avec fascination le plaisir d'être complice d'un entraînement collectif, associée à des êtres combattant sur le même terrain et utilisant le même langage. La Révolution était devenue son pays.

Et on l'eût scandalisée en prétendant que certains de ses amis avaient du sang sur les mains et participaient à des crimes politiques assimilables à des délits de droit commun. A leurs yeux comme aux siens, le combat révolutionnaire excusait tout. « Il n'y a pas d'humanité barbare » : elle avait fait sienne l'étonnante formule de Madame Jullien. Tant qu'un Français s'opposerait à l'avènement d'un progrès social définitif, il n'y aurait pour lui ni rémission ni pitié.

Elle se trouvait au club des Jacobins, un soir de mai 1793, lorsque Mélanie, qu'elle n'avait pas vue depuis plusieurs jours, lui adressa un signe discret.

« Un ami de Danton vient de me montrer une

154

liste de suspects menacés d'arrestation. J'y ai lu le nom d'Alphonse Lemercier. Tu tiens toujours à lui ? »

*

Ourika, si elle continuait à partager l'appartement d'Alphonse, avait senti se distendre, puis se rompre tous les liens de confiance et d'amour qui les attachaient. Il s'était, de son côté, replié sur lui-même et fermé totalement. L'un et l'autre, sans se le dire, avaient choisi de se taire plutôt que d'étaler et d'exaspérer leurs divergences.

Mais quand elle le sut en danger, elle se précipita chez eux. Elle l'attendit un grand moment, avant de pouvoir lui représenter, en termes vifs, la situation.

Il n'attendit pas la fin de ses explications.

« Tu es venue me prévenir ou m'arrêter ? » demanda-t-il.

Elle s'interrompit, horrifiée.

« Alphonse, reprit-elle en tremblant un peu, nous ne suivons pas le même chemin. Nous ne croyons plus aux mêmes dieux. C'est vrai. Mais devons-nous obligatoirement nous détester ?

– Je croyais que non, mais tu t'acharnes, depuis des mois, en me fuyant, en me méprisant, à me démontrer le contraire. Ose prétendre que tu n'as pas pour moi de la haine, Ourika. Ose-le ! »

Ils se regardaient comme s'ils allaient se battre. Il était prêt à lui imputer tous ses échecs, toutes ses désillusions. Elle avait aux lèvres les sarcasmes dont

155

ses amis politiques accablaient ces hommes et ces femmes irrémédiablement dépassés et compromis, qui ne méritaient plus d'être écoutés ni même, pour beaucoup, de survivre. Le sentiment d'écœurement et de cruauté qui monta en elle crispa son visage. Elle faillit libérer ce que ces derniers mois de lutte militante avaient déposé en elle de plus rigoureux et de plus exigeant. De plus atroce aussi.

Mais en observant un peu mieux Alphonse et son angoisse et en découvrant ce décor, ces meubles, ces objets, qui avaient été leur vie, elle eut honte de ce qu'elle ressentait.

Elle était venue le sauver, pas le condamner.

« Ecoute, dit-elle, pense ce que tu veux de moi. Que je suis un monstre. Que je bois du sang chaque matin. J'aurais voulu, comme Danton, dire que je suis une femme de révolution, pas de carnage. Mais il faudrait que nous nous écoutions. Et il y a longtemps que nous ne le faisons plus. Je ne suis venue ce soir que pour te dire que tu étais menacé. Que tu avais intérêt à disparaître. Si tu ne me crois pas, c'est ton affaire. »

Alphonse baissa la tête, incapable qu'il était d'assumer pleinement son opposition. Il se sentait, comme tous ses amis, pris au piège. Obligé de compter pour échapper au pire à un retournement improbable de la situation. Le vent de la révolution soufflait en faveur d'Ourika et des siens. C'était effrayant, mais impossible à ne pas admettre.

« Va te cacher quelques jours où tu voudras. Ne

me dis même pas où tu es. Quand je penserai que tu peux revenir, je trouverai bien le moyen de te faire signe. »

Ils passèrent cette nuit ensemble. Mais le cœur n'y était pas. Au matin, quand Ourika s'éveilla, Alphonse avait disparu.

*

Ce fut alors pour elle une rare période de liberté, d'épanouissement et de plénitude. Elle ne devait de compte à personne. Elle passait chaque matin plusieurs heures dans le cabinet d'affaires d'un avocat, à classer des papiers, à mettre au point certains dossiers, à rédiger certaines interventions ; et le salaire qu'elle en retirait suffisait largement à ses besoins. Le reste de ses journées se passait en lectures, en discussions, en démarches, en réflexions. Le soir, elle se rendait presque quotidiennement aux Jacobins ou dans un autre club, là où sa compétence et sa jeune autorité n'étaient plus contestées.

Justement une société nouvelle, composée exclusivement de femmes, les Républicaines-Révolutionnaires, venait de se créer et se réunissait à la Bibliothèque des Jacobins, rue Saint-Honoré. Pour y être admise, chaque femme âgée d'au moins dix-huit ans, devait prêter le serment suivant : « Je jure de vivre pour la Révolution ou de mourir pour elle. Je promets d'être fidèle au règlement de la Société tant qu'elle subsistera. »

Très vite, la nouvelle société, en fouettant publiquement Théroigne de Méricourt, parce qu'elle était girondine, ou en présentant aux Jacobins et à la Convention de sévères pétitions de salut public, manifesta non seulement son ambition, mais une extrême rigueur révolutionnaire.

Ourika y adhéra avec enthousiasme, suivit ses réunions, approuva ses positions mais insista sur le danger qu'il y aurait à prétendre donner des leçons de robespierrisme aux Montagnards eux-mêmes. Elle comprenait fort bien qu'en se montrant trop virulentes et trop encombrantes, les femmes risquaient de déplaire et de s'attirer la méfiance de ceux qui restaient les maîtres du jeu. La nouvelle Constitution, adoptée le 24 juin 1793, n'accordait-elle pas, une fois de plus, le bénéfice du suffrage universel qu'aux seuls mâles ?

Mais enfin, dans leur coude-à-coude révolutionnaire avec les hommes, les femmes démontraient chaque jour plus de vitalité, plus de raison, plus de sérieux, et c'était là l'essentiel. Le combat entamé était, aux yeux d'Ourika, si capital qu'on ne ferait bientôt plus aucune différence entre ceux et celles qui l'avaient mené à bien.

« Je suis à la fois libre et engagée, notait Ourika à cette époque : totalement moi-même et totalement soumise à une cause. Comment expliquer cette contradiction ? C'est sans doute que j'ai engagé librement ma liberté ou que je trouve le maximum de liberté à être soumise. Non pas à un homme ou à un parti, mais à une idée et à un combat. Je n'ai jamais aussi bien respiré que depuis que je sais pour quoi je respire. »

Elle se battait sans astreinte et sans obligation, pour elle, pour sa race, pour son sexe, pour l'égalité. Sa lutte coïncidait si étroitement avec son idéal qu'elle n'y ressentait aucune contrainte, mais au contraire un épanouissement dont elle n'en finissait jamais d'inventorier les richesses.

« Je me trompais, écrivit-elle alors, en prétendant que, pendant qu'on fait la révolution, il ne faut pas songer à être heureux. Le bonheur, c'est de faire la révolution. »

Elle en était là, Ourika. Et l'on peut supposer que si on lui avait demandé, au nom de son combat, d'exécuter n'importe quel geste meutrier, elle l'eût accompli, en tout innocence, enserrée dans cet étau de passion et de service qui emprisonnait alors tant de Français et qui les rendait à la fois superbes et démoniaques, héroïques et criminels, sans qu'ils fissent bien la différence, emportés qu'ils étaient par une vérité plus forte, une exigence plus lourde, un destin plus altier.

*

C'est pourquoi lorsqu'un soir, en rentrant de son club, elle trouva, assise sur un banc, près de sa porte, une vieille dame en qui elle reconnut, avec effarement, la marquise de Mirmont, elle fut prise de court et terriblement mal à l'aise.

Le moment était mal choisi de ces retrouvailles.

« Je peux entrer chez toi, Ourika ?

Bien sûr, ma ... »

Elle allait dire "ma mère", par habitude. Elle se contint.

Elle n'avait pas envie d'observer de trop près le visage et le maintien de la marquise. Elle pressentait ce que, avec l'âge et les malheurs, ils étaient devenus. Elle imaginait ces malheurs. Elle devinait les raisons de sa visite. Elle en était par avance découragée. Et en même temps remplie de colère.

« Je suis venue...», commença la marquise.

Et Ourika entendit ce qu'elle avait supposé. Le long défilé des infortunes familiales, les périls de plus en plus pressants, les naufrages succédant aux angoisses, le glissement quotidien vers l'horreur. Au château, la menace était constante depuis qu'on savait Louis-Joseph définitivement passé à l'ennemi. La loi du 15 août 1792 avait assigné à résidence les parents d'émigrés. On était venu à maintes reprises inspecter le château et l'on avait tout bouleversé, tout sali. Chaque lendemain lui faisait peur, mais elle n'en avait cure. Elle avait fait son temps. Le pire était ailleurs.

Louis-Joseph d'abord. Longtemps, il avait donné de ses nouvelles. Il s'était battu en Alsace, courageusement. Puis le silence. Et finalement une lettre d'un de ses camarades, officier comme lui, lui avait appris qu'il était tombé devant Wissembourg, mort très probablement. On avait vainement recherché son corps.

160

Ourika qui ne s'attendait pas à cette révélation, se raidit devant une impression atroce de manque irréparable. Quelques mots prononcés simplement, et ce vide tout à coup, cette désintégration de la pensée, cette impuissance à saisir concrètement la signification d'une réalité. Des morceaux épars de souvenirs demandaient à prendre corps. Elle avait une espèce d'affection profonde, mais non aboutie, pour l'être sensible que son "frère" aîné cachait si soigneusement en lui. Elle aurait voulu être seule pour y songer, pour faire le point de sa douleur. Elle avait besoin de fondre en larmes, mais elle se retenait, elle se retenait.

« Cependant, avait repris Madame de Mirmont, la voix singulièrement calme, ça n'est pas uniquement pour t'apprendre cette terrible nouvelle que je suis venue t'importuner. C'est pour Claude, que tu as aimé. Il a fait des bêtises, cherché à gagner de l'argent par des moyens que je désapprouve. Et le Comité de Sûreté Générale a lancé contre lui un mandat d'arrestation. Il a donc quitté le château de Vergennes. Il se cache, mais il n'ira pas loin. Il est trop voyant, trop emporté. Il faut que tu le sauves, Ourika. Il faut que tu demandes à tes amis de l'épargner. »

Comment Madame de Mirmont savait-elle qu'elle avait des amis au Comité de Sûreté Générale ? Pourquoi était-elle ici à l'implorer, elle, Ourika ? Continuait-on à la surveiller, à la guetter dans l'ombre ? Et la croyait-on capable, par lâcheté ou par sensiblerie, de trahir ses convictions ?

Tant d'idées se bousculaient en elle qu'elle en

161

oubliait Louis-Joseph et son chagrin. Et que, se retournant avec agressivité vers sa "mère", elle l'interrogea.

« Qui vous a conduite ici, ma mère ? Qui épie mes faits et gestes ? Qui sait ce que sont mes amis ? »

Ce fut long à expliquer. La marquise avait cru pouvoir s'adresser à son amie de Mérelle. Mais l'hôtel de la rue de Vaugirard avait été abandonné par ses habitants. Cependant, alors qu'elle quêtait un renseignement, elle avait été abordée par un long fantôme noir au grand nez, qui s'était dit duc de Montgêtre, et qui savait tout sur tout le monde. Il lui avait donné mille précisions sur Ourika, ses relations, sa vie privée, ses activités. Il s'intéressait à elle nuit et jour.

« Philippe ? Mais pour qui fait-il cela ? »

Madame de Mirmont ne savait pas. Elle avait été frappée par le regard fixe, l'allure efflanquée et les airs énigmatiques du duc.

« Il a dû travailler pour le roi. Etre mêlé à tous les complots fomentés par ceux qui ont essayé de le délivrer. Mais depuis l'exécution de Louis XVI, on dirait qu'il continue à comploter à vide, par habitude, par résignation. C'est toi qu'il a pris pour cible, Ourika. Mais rassure-toi : il ne ferait pas peur à une mouche. »

Curieuse évocation. Ourika se disait qu'elle chercherait à en savoir davantage. Mais d'abord elle avait à répondre au sujet de Claude. La marquise maintenant se taisait, attendait.

« Ma mère, dit alors Ourika en la regardant dans

162

les yeux, mes amis, comme vous les appelez, ne sont ni des marionnettes ni des girouettes, que le vent gouverne. Ce sont des juges et des révolutionnaires. Et ils sont désireux de ne voler au secours que de la justice. Claude ne sera épargné que s'il est innocent. »

La marquise regarda Ourika et lui fit de la peine.

« On m'avait dit pourtant...Je pensais...Tu sais ce que sont les hommes. Tout dépend de la manière dont les choses sont présentées. Ce n'est que la justice que je réclame pour Claude. Rien que la justice.

– Alors, soyez tranquille, Madame, la justice passera. »

Elle avait dit ce qu'elle avait à dire, ni plus ni moins. Elle ne supporterait pas d'autres confidences, d'autres larmoiements. Le passé était le passé. Seul, l'avenir la concernait. Madame de Mirmont était assez intelligente pour le comprendre.

Elle dut le comprendre en effet, car elle n'insista pas. Elle savait que jouer avec les sentiments d'Ourika, pourchasser sa faiblesse profonde ou, pire encore, faire appel à sa reconnaissance ou à sa pitié, seraient des méthodes hypocrites et vaines. Et qui se retourneraient contre le but recherché.

« Je t'ai tout dit, Ourika. Maintenant je te laisse. J'espère te revoir un jour. »

Ourika embrassa la marquise, eut envie de se laisser aller comme dans son enfance, mais se raidit encore une fois.

Elle éprouvait, en regardant s'effacer sa petite et misérable silhouette, de la compassion, de la tendresse et de l'agacement. Elle s'en voulait d'être trop dure. De fermer la porte une fois de plus sur ce qui avait été sa vie.

Mais il le fallait.

Elle était dure d'une passion tenace et réfléchie. Dure pour rester en accord avec elle-même.

*

Elle ne ferait rien naturellement en faveur de Claude. Il ne le méritait pas. Mais elle mit tout en œuvre – comme si sa rencontre avec Madame de Mirmont l'y avait mystérieusement incitée – pour sauver son amant.

L'été 93 avait vu la rigueur s'amplifier aux dépens des ennemis du tout-puissant Comité de Salut Public. Après le decret d'arrestation visant les députés de la Gironde et certains de leurs proches, comme Madame Roland, un début d'insurrection avait éclaté en province. Et c'est de Caen qu'était partie Charlotte Corday pour venir, en juillet, assassiner Marat. Ce soulèvement des régions contre le centralisme jacobin avait permis à Robespierre et à ses amis non seulement de mater dans le sang toutes les résistances, mais, en accusant les derniers Girondins vivants de fédéralisme, de les traquer jusqu'à la mort.

Ourika, qui était logique, approuvait la logique de cet engrenage. Elle admirait la solidarité et la puissance de désintéressement avec lesquelles les hommes du Comité travaillaient sans relâche et

164

fournissaient à la Convention les milliers de décisions qui organisaient et structuraient la nouvelle République. Elle applaudit au nouveau calendrier inventé par Fabre d'Eglantine et institué à partir d'octobre 93, qu'elle trouvait plein de poésie. Elle aimait que la France osât ainsi arracher toutes ses racines et toutes ses traditions pour se forger un visage neuf, comme le sien !

« Je viens d'avoir vingt ans, écrivait-elle le 21 juin 1793, au moment où mon pays d'adoption consent, lui aussi, à devenir adulte. Nous n'avons plus besoin désormais de regarder derrière nous. »

Pour venir en aide à Alphonse, c'est à Danton lui-même que, par l'intermédiaire de Mélanie, elle n'hésita pas à s'adresser. Elle n'avait fait qu'entrevoir çà et là sa trogne déjà légendaire et se méfiait un peu de ce qui entrait de vulgarité, de brutalité et de boursouflure dans ce personnage détesté ou adoré. Mais il lui semblait plus accessible et, comment dire, plus malléable que les maîtres incorruptibles du grand Comité.

Et il la reçut en effet sans difficulté, en plein mois d'août, dans ce Paris où, depuis un an, se dressait un nouvel instrument de mort auquel le docteur Guillotin avait involontairement donné son nom.

« Alors, jolie citoyenne, lui avait-il demandé sans précaution, que me veux-tu ? »

Il n'avait pas, aux yeux d'Ourika, l'arrogance et la stature qu'on lui prêtait. Elle crut même discerner, dans son attitude et dans sa voix, une espèce de désenchantement ironique. Comme si la révolution de

165

fer qui était en train de s'installer n'était déjà plus tout à fait la sienne.

Ourika lui était connue de réputation. Il avait entendu parler de ses interventions à la tribune des Jacobins, de sa véhémence féminine et antiesclavagiste et de sa vertu. Tout cela le piquait et l'amusait.

« Je viens vous parler, dit-elle, d'un homme qui ne mérite pas ce qui le menace. Il est bon républicain et bon français. Mais il a subi de mauvaises influences et je crains pour sa vie. Vous pouvez l'aider et m'aider.

– C'est ton amant, ma belle ?

– Bien sûr, dit-elle en le regardant dans les yeux. Mais là n'est pas la question ! »

Il se rapprocha d'elle. Il aimait ce langage. Elle éprouva ce qu'avait à la fois de repoussant et d'irrésistible sa laideur. Elle savait combien Danton aimait les femmes, mais n'ignorait pas qu'après la mort de sa première femme, il venait d'épouser, très vite, une jeune fille de seize ans dont il était éperdument amoureux.

Elle ne s'attendait pas à ce qu'il demandât :

« Tu es donc bien sûre, citoyenne, de la valeur de notre combat ?

– Serais-je ici, citoyen, si j'en doutais ?

– Crois-tu donc que nous n'aurons jamais à payer le sang versé inutilement ?

– Quel sang a jamais été versé plus utilement que celui des ennemis de la République ? »

Sans doute voulait-il l'éprouver. Elle n'avait qu'à laisser parler son cœur pour être en règle.

166

Il la sonda alors davantage, voulut savoir d'où elle était originaire et comment elle en était arrivée là.

« Si mes ennemis me laissaient vivre, lui dit-il en conclusion de son récit, j'aimerais connaître ton pays. T'y ramener peut-être, qui sait ! Si nous ne sommes plus assez révolutionnaires en France aux yeux de ceux qui n'ont jamais fini de faire la révolution, nous le sommes largement assez pour tous ceux qui, dans le monde, souffrent et rêvent d'une brise de liberté. Quels bienfaits nous pourrions répandre si on nous en laissait le temps ! »

Il rêva un peu, puis avec brutalité :

« Il est sans doute un peu girondin, ton ami, non ? Et c'est moi que tu es venue trouver ? Tu ne sais pas que je bois chaque jour le sang des Girondins ? »

Ourika n'avait plus peur de cet homme qui cherchait à lui faire peur.

« Non, se ravisa-t-il, je n'ai jamais bu le sang de personne. Et c'est même ce qu'on ne va pas manquer de me reprocher. Ces Girondins, je peux bien te le confier, j'ai tout fait pour les réconcilier avec eux-mêmes et avec la Nation. Ce ne sont pas de mauvais bougres dans le fond. Mais ils n'ont rien compris à ce qui se passait vraiment ni à la férocité de leurs véritables ennemis. Et ils m'auraient entraîné sans remords dans leur chute si je n'avais pas dû répondre à leurs accusations. Est-il aussi bête qu'eux, ton amant ? »

Ourika aurait été prise de court si elle n'avait pas constaté que les questions que posait Danton était une façon pour lui de poursuivre son monologue.

167

« Je te parle parce que je lis de la confiance et de l'honnêteté dans tes yeux, ma petite. Je ferai pour ton ami ce que je pourrai, aussi longtemps que je le pourrai. Il n'est pas assez voyant pour qu'en l'aidant je me compromette davantage. Et qui sait si le dernier service que je puisse rendre n'est pas de sauver des innocents, puisque l'innocent que je suis ne peut plus guère être sauvé !

Suis-je d'ailleurs innocent ? » s'exclama-t-il en éclatant d'un gros rire.

Ourika commençait à trouver qu'il en faisait beaucoup.

« Envoie-moi ton ami, reprit-il d'un ton sérieux. Mais, avant de me l'envoyer, dis-lui bien de laisser à la porte ses beaux sentiments. Ils honorent sa candeur, c'est certain. Mais ils signifient sa perte. Nous ne sommes plus là pour avoir de la morale ni de la pitié. Et nous devons être terribles pour éviter au peuple de l'être. L'heure n'est plus, ma petite, à l'amnistie pour aucun traître. Pourquoi l'homme juste ferait-il grâce au méchant ? Pour arriver à la liberté, soyons sûrs qu'il n'est pas d'autre route que cette sale démocratie. »

Ourika aimait mieux ce langage, conforme à l'image populaire du tribun.

Il s'était laissé aller, comme à la tribune.

Mais elle ne devait jamais oublier ce qu'il lui dit en la raccompagnant.

« Je te reverrai un jour si je n'éternue pas dans le sac avant. Il y a tant de bonheur à apporter aux hommes pour des gens comme toi et moi. La nature nous a donné en partage des formes instinctives et la physionomie âpre de la liberté.

Nous ne sommes pas gâtés ni abâtardis par les privilèges et les traditions. Nous sommes neufs dans un monde neuf. Quelles merveilles seraient nos enfants ! »

Il la contempla encore, puis :

« Mais je n'ai plus guère le temps de rêver. Je dois aller répondre à mes accusateurs. Pour les confondre, il me faudrait me faire plus fripon et plus féroce qu'eux. Mais j'en ai de moins en moins le courage. J'éprouve même parfois, ma belle, l'atroce tentation d'être du côté des guillotinés plutôt que des guillotineurs. »

Il l'embrassa sur les joues, ému et furieux de s'être autant livré.

« Mais rassure-toi, cela, je ne le dirai pas à ton ami... »

Ourika s'éloigna, songeuse. Elle était allée voir un monstre, elle avait vu un homme ; elle était allée rendre visite à un monument de certitude, elle avait rencontré un être tourmenté. Elle devait souvent se rappeler, au cours des bouleversements qui allaient survenir, les paroles de Danton.

Elle ne manqua pas en tout cas, dès le lendemain, de faire en direction d'Alphonse le signe qu'il attendait.

Il accourut la tête basse. On lisait dans son accablement l'inquiétude de chaque jour et la crainte presque envieuse de partager le sort de ceux qu'il aimait et dont on apprenait peu à peu la fuite, le suicide ou l'exécution.

« J'ai vu Danton, dit-elle. Il t'attend. Il n'est pas celui que tu crois. »

Elle ajouta pour elle-même autant que pour Alphonse : « Il ne le sera peut-être même pas assez pour ton salut et pour le sien. »

Il la regarda, interloqué.

« Ne m'écoute pas. Va le voir. L'important est de sauver ta peau d'urgence. »

Qu'elle avait pitié de sa faiblesse ! Comment avait-il pu un jour la dominer ? Comment cet homme avait-il pu la croire inférieure à lui ?

*

Tandis que Paris et la France s'enfonçaient dans la Terreur, tandis que le peuple criait famine et que la délation était "reçue comme une preuve de civisme", tandis que les condamnations à mort prononcées par Fouquier-Tinville et son Tribunal Révolutionnaire, d'abord rares, se multipliaient, Ourika et Alphonse avaient repris leur vie commune. Il n'était plus question d'amour, sans doute. Mais, au point où ils en étaient, ils avaient encore moins la force de se séparer que de s'aimer.

En observant silencieusement son amant certains soirs, en le voyant s'astreindre à des travaux qu'il détestait, Ourika se disait que la vie est étrange, qui éloigne ceux qui s'aiment en se contentant de modifier insensiblement leurs états d'âme. Mais elle se demandait en même temps si l'époque qu'elle traversait n'était pas une impitoyable dévoreuse, qui accentuait les désaccords, exagérait les ambiguités, précipitait les évolutions. Que serait-elle devenue, Ourika, si ces événements torrentiels ne s'étaient pas produits, s'ils ne l'avaient pas entraînée hors des sentiers battus et s'ils ne l'avaient pas aidée à prendre conscience d'une force qu'elle ne soupçonnait pas ? Comment lui était venue cette robustesse morale dont elle se sentait trop lourde quelquefois ? Devait-elle se féliciter sans réserve de ce tourbillon révolutionnaire qui la coupait de tout ce qu'elle aurait aimé sans lui, mais qui la révélait à elle-même et qui la poussait avec une puissance inconnue ?

Mais cette énergie, cette fermeté, étaient-elles inépuisables ?

En septembre, les queues aux portes des boulangers s'étant multipliées et les vivres étant de plus en plus rares et de plus en plus chers, des troubles éclatèrent partout dans Paris. Des rassemblements d'ouvriers se formèrent et se portèrent place de Grève pour réclamer du pain à la Commune. On citait le curé Jacques Roux, l'enragé de la section des Gravilliers : « La liberté n'est qu'un vain fantôme quand une classe d'hommes peut affamer l'autre impunément. L'égalité n'est qu'un vain fantôme quand le riche par le monopole exerce le droit de vie et de mort sur ses semblables. » On citait le mot d'ordre de Lepeletier à la tribune de la Convention : « Faire disparaître l'inégalité des jouissances. »

Ourika voyait l'effervescence et la souffrance populaires ; et ne comprenait pas qu'on tardât à prendre les mesures nécessaires.

L'affaire des femmes révolutionnaires l'éclaira au surplus sans équivoque sur certaines illusions à ne plus entretenir.

Elle avait, on l'a vu, avec enthousiasme, adhéré à une société qui s'était donné pour objectifs de défendre, dans un même élan, les droits de la femme et les progrès de la révolution. Et elle avait approuvé les initiatives prises par ses compagnes pour dénoncer tout ce qui figeait le mouvement révolutionnaire et réclamer des mesures sans ambiguïté concernant la responsabilité des ministres, l'organisation des tribunaux révolutionnaires et la taxe (le maximum) sur toutes les denrées. Si ces femmes passionnées – et le plus souvent lucides – étaient parfois excessives au regard clairvoyant d'Ourika, leur générosité n'était pas contestable. Elles croyaient sincèrement pouvoir jouer un rôle actif aux côtés des révolutionnaires les plus exigeants. Et avec leur totale solidarité.

C'était sans compter sur l'éternelle défiance des hommes à l'égard des femmes et sur un instinct et des habitudes de domination susceptibles de résister à toute révolution. En s'immisçant dans le jeu politique avec fougue et résolution, les républicaines-révolutionnaires braquèrent contre elles non seulement Robespierre et ses Jacobins, qui redoutaient d'être débordés par un mouvement qu'ils ne contrôlaient pas, mais les sans-culottes eux-mêmes qui restaient attachés à des valeurs de morale traditionnelle.

Les reproches le plus couramment adressés à ces

femmes qui prétendaient se conduire en hommes consistèrent par exemple à discréditer celles qui vivaient en union libre et, plus grave encore, celles qui s'intéressaient au sort des prostituées.

Depuis longtemps, Ourika, qui se souvenait de sa mésaventure du Palais-Royal, regardait avec plus de pitié et de sympathie que de mépris ces femmes dévoyées, exploitées et misérables. Elle avait donc participé à la rédaction d'une pétition présentée à la Commune qui demandait à « faire transférer les femmes de mauvaise vie dans des maisons nationales pour les y occuper à des travaux utiles et ramener, s'il se peut, aux bonnes mœurs, par des lectures patriotiques, ces malheureuses victimes du libertinage, dont souvent le cœur est bon et que la misère seule a presque toujours réduites à cet état déplorable. »

Hélas, tandis qu'à Rennes Carrier parlait de faire guillotiner toutes les prostituées *par principe*, la Commune, totalement fermée aux bons sentiments exprimés par la pétition, se contentait de menacer d'arrestation toutes les femmes soupçonnées "d'incitation au libertinage".

Et quand, dans un autre ordre d'idées, le club féminin souhaita, pour activer la taxation des marchandises de première nécessité, que l'on procédât à des visites domiciliaires, cette requête rassembla contre lui toutes les fractions des hommes et isola encore davantage celles qui prétendaient donner à l'autre sexe des leçons de révolution.

On assista alors, de septembre à novembre 93, à un processus remarquable de mise à l'écart systématique des femmes de toute activité politique et même sociale.

Tous les moyens furent utilisés pour discréditer en premier lieu les "meneuses", puis le mouvement qu'elles animaient. Claire Lacombe, présidente de la Société, se vit accuser d'intrigue et de mauvaises mœurs. On profita ensuite d'un simple incident de rues et d'une affaire de bonnet rouge pour suspendre temporairement les réunions des Républicaines-Révolutionnaires.

Enfin, on s'attaqua, à la Convention-même, à ces sociétés féminines composées, d'après Fabre d'Eglantine, « non pas de mères de famille, de filles de famille, de sœurs occupées de leurs frères ou sœurs en bas âge, mais d'espèces d'aventurières, de chevaliers errants, de filles émancipées, de grenadiers femelles » !

Comment ainsi calomniées de toute part, ces femmes auraient-elles pu résister ? Le coup de grâce leur fut porté devant l'Assemblée Nationale, dans sa séance du 9 brumaire (20 octobre) par Amar, au nom du Comité de Sûreté Générale.

Partant de l'incident des Innocents, imputable, selon l'orateur, à des femmes "oisives et suspectes", le rapport s'en prit au rôle joué en général par les femmes et à leur place dans la société. Il posa crûment la question : une femme peut-elle être considérée comme citoyen ? Et, au nom de principes dont Ourika croyait qu'ils avaient été définitivement balayés, il répondit clairement par la négative.

« Les femmes ont-elles la force morale et physique qu'exige l'exercice des droits politiques du citoyen ? L'opinion universelle repousse cette idée.

Les femmes doivent-elles se réunir en association politique ? Non, parce qu'elles seraient obligées d'y sacrifier des soins plus importants auxquels la nature les appelle. »

Il ne restait plus qu'à entonner l'hymne à la virilité. Amar alla jusqu'à laisser entendre que l'éducation même des femmes n'était pas dans l'ordre de la nature. Et Ourika, en entendant le Conventionnel d'extrême gauche soutenir que les femmes, « faites pour adoucir les mœurs de l'homme, ne doivent pas prendre de part active à des discussions dont la chaleur est incompatible avec la douceur et la modération qui font le charme de leur sexe », se crut reportée de plusieurs années en arrière lorsqu'elle s'efforçait, au château de Mirmont, de plaider en faveur de la condition des femmes, à travers le théâtre de Marivaux. Louis-Joseph, en interrompant ses répétitions, ne s'était pas montré plus rétrograde et moins compréhensif que le champion de l'égalité et de la liberté au zénith de la révolution triomphante.

« En général, osa ajouter le Conventionnel, les femmes sont peu capables de conceptions hautes et de méditations sérieuses. Elles sont de surcroît disposées par leur organisation à une exaltation qui serait funeste dans les affaires publiques. »

Conclusion : « Il n'est pas possible que les femmes exercent les droits politiques. Vous détruirez ces sociétés populaires de femmes que l'aristocratie voudrait établir pour les mettre aux prises avec les hommes... »

Le décret qui fut adopté quasi-unanimement, était double :

« Article 1er : – Les clubs et les sociétés populaires, sous quelque dénomination que ce soit, sont défendus.

Article 2e : – Toutes les séances des sociétés populaires doivent être publiques. »

Quelques jours plus tard, une députation de femmes, conduite par Claire Lacombe, essaya de protester à la barre de la Convention. Sous les murmures et les cris : « L'ordre du jour ! », elle dut se retirer précipitamment.

Quelque temps encore, les femmes continuèrent à siéger dans certaines Sociétés fraternelles et à jouer un rôle relativement important.

On appelait par dérision ces sociétés encore mixtes des hermaphrodites.

En avril 94, Claire Lacombe et Pauline Léon, principales instigatrices du mouvement, firent l'objet d'un mandat d'arrêt du Comité de Sûreté Générale.

Le grand élan féminin (on ne disait pas encore féministe) de la Révolution Française était irrémédiablement brisé.

La terrible désillusion que ressentit Ourika, en constatant à quel point la tyrannie et la duplicité des hommes avaient la vie dure, se doubla, au long de cet automne et de cet hiver, d'un ébranlement, d'un glissement de cette foi révolutionnaire presque aveugle qui était devenue sa raison d'être.

Elle s'était rendue de moins en moins souvent aux Jacobins et aux Cordeliers, frappée par la vanité des propos que l'on y tenait et par le décalage entre l'évocation emphatique des grand principes révolutionnaires et la réalité de leur application. Elle aurait voulu que son militantisme ardent et sincère servît à quelque chose, non qu'on le considérât comme allant de soi. Or, elle se rendait compte que l'essentiel des décisions se prenait en haut lieu, dans le secret du Comité robespierriste, et que la Convention elle-même n'était plus qu'une chambre d'enregistrement, qui entérinait la politique de salut public.

Quand, le soir venu, elle allait s'asseoir, seule ou avec des amis, dans une société populaire, elle se découvrait souvent plus sceptique qu'enflammée. Comme si, d'une certaine façon, la source perpétuellement jaillissante de ses convictions était tarie. « La révolution, écrivait-elle alors dans son journal, exige à tout instant des âmes neuves, des apôtres sans passé et sans avenir. Je me demande, certains jours, si elle a encore besoin de moi. »

Elle se reprochait d'ailleurs ses doutes, Ourika. S'il était une besogne à laquelle elle entendait se dévouer jusqu'au bout, en fermant les yeux au besoin, c'était bien celle à laquelle s'acharnait, au milieu des convulsions et des souffrances, le pays qui l'avait adoptée. Elle s'en voulait d'être infidèle à sa cause, comme elle l'avait été à ses amants et à son enfance.

Mais pouvait-elle, au nom de ce principe de fidélité, accepter n'importe quelle fable, approuver n'importe quel excès ?

Elle entendait Robespierre affirmer non sans logique : « Citoyens, vouliez-vous une révolution sans révolution ? »

Elle entendait Hérault recommander aux représentants en mission : « Nous aurons le temps d'être humains lorsque nous serons vainqueurs. »

Et elle était disposée à entendre Saint-Just proclamer : « Ceux qui font les révolutions à moitié n'ont fait que se creuser un tombeau. »

Elle comprenait ces hommes et, en elle, profondément, un besoin de croire les approuvait.

Mais, en même temps, une voix tenace, insistante, lui soufflait : faut-il être passive pour être utile ? Y a-t-il des causes si justes qu'elles échappent à la conscience ?

« Est-ce mon éducation qui me freine malgré moi ? » se demandait-elle souvent en observant comment ses amis n'hésitaient pas à absoudre le crime, ou même à le prescrire, sous prétexte d'efficacité idéologique.

« Faut-il s'en remettre à l'inculture pour fonder la culture de demain ? », s'interrogeait-elle.

Elle souffrait de voir se creuser le fossé entre elle et ceux qui, comme Mélanie, comme beaucoup d'autres, agissaient sans se perdre en analyses, investis d'un pouvoir qui les dépassait. Elle aurait voulu, elle aussi, tirer un trait sur cette "vieille morale", encombrante et exigeante, et rejeter tout scrupule, tout raisonnement.

Mais cela lui était organiquement impossible.

Alors, pendant quelque temps, elle tenta de ne pas trop savoir ce qui se passait. Elle lisait les philosophes, marchait dans les rues, secourait les malheureux que la révolution oubliait ou piétinait. On l'aimait bien dans les quartiers pouilleux des ouvriers et des boutiquiers. On l'aimait pour sa discrétion et sa simplicité. Elle allait ainsi, sans amis garantis, sans passé authentique, sans choix inconditionnel, avec simplement un idéal de plus en plus battu en brèche, de plus en plus ténu, léger, incertain, au cœur de cette ville énorme, disparate, étonnée de ses propres audaces, dans cette ville où l'on s'amusait encore, par habitude, où l'on allait au théâtre, au bal, au café, où l'on riait, où l'on dansait, comme on avait fait hier et comme on ferait demain.

Chaque matin, Ourika continuait de passer plusieurs heures chez son avocat, Maître Soufflot, qui ne lui posait aucune question, mais qui l'avait prise en amitié, car les services qu'elle lui rendait devenaient de plus en plus importants.

Elle y gagnait une indépendance à laquelle elle tenait plus qu'à tout.

En octobre, quand on avait conduit Marie-Antoinette à l'échafaud, un sentiment proche du dégoût s'était emparé d'elle. Elle haïssait cette femme, sa mort la laissait insensible. Mais fallait-il de sucroît la salir ? Fallait-il, hormis les griefs évidents et suffisants qui pesaient sur elle (intelligence avec l'ennemi, haute trahison), la traiter comme une fille de mauvaise vie et l'accuser de vilenies dont elle n'était pas coupable ? La justice révolutionnaire ne pouvait-elle pas se contenter des faits ? Qu'avait-on à gagner à se conduire avec autant de bassesse que ses ennemis ? Voulait-on qu'on plaignît la reine au moment de l'abattre au lieu de se réjouir de son exécution ?

« Il faut pardonner au peuple, expliqua-t-on à Ourika. Il est excessif, mais juste. Il ne peut condamner sans haïr. La justice objective est un luxe qui ne nous est pas encore permis. »

Elle passa là-dessus. Elle passa aussi sur le profond malaise qu'elle éprouva lorsque se déroula le procès des vingt et un députés girondins, suivi de leur rapide exécution. Après celle du duc d'Orléans, Philippe-Egalité, le 6 novembre, *Le Père Duchesne* d'Hébert donna ses bons avis au Tribunal pour « qu'il batte le fer pendant qu'il était chaud et fasse promptement passer sous le rasoir national le traître Bailly, l'infâme Barnave. » Dans son n° 312, il vantait les vertus de la *Sainte Guillotine* et protestait par avance contre toute clémence. Madame Roland fut exécutée le 8 novembre, Bailly le 10, Barnave le 28.

En eux, la Révolution s'était longuement incarnée.

« Peut-être faut-il des victimes pures pour appeler le règne de la justice ! » s'était exclamée Madame Roland devant ses juges.

Peut-être, mais combien de victimes et jusques à quand ?

Alphonse, qui recevait ces coups en silence, mais avec des frissons de haine et d'horreur, la touchait d'autant plus qu'il n'osait même pas, devant elle, gémir ni s'indigner. Et elle se surprenait à trouver plus éloquent son mutisme que n'importe quelle tentative d'explication.

Ils se retrouvaient ainsi, quelquefois, incapables de se remettre en question, séparés par ce que leur évolution et leurs prises de position avaient d'irréversible, et cependant, quelque part, indulgents, amicaux et semblables.

Il avait depuis longtemps dénoncé les "crimes" de la révolution, mais sans avoir la ressource ni le goût de lutter contre le cours des événements et de rallier le camp des contre-révolutionnaires.

Elle avait avec enthousiasme milité parmi les jusqu'au-boutistes qui sacrifiaient tout au "règne de la vertu", mais il lui était arrivé de ne plus pouvoir considérer sereinement les excès engendrés par cette politique.

C'est pourquoi, lorsqu'ils se rejoignaient, une espèce de sentiment commun de lassitude et de tolérance les unissait.

Mais ils n'avaient plus envie de l'analyser ni même de l'exprimer, faute de cette attirance physique qui n'avait pas survécu à leurs dissensions.

*

Les nouvelles qui leur parvenaient de province où une répression atroce s'exerçait à Nantes, à Brest, à Bordeaux, en Vendée, en Provence, à Lyon, aggravaient encore l'anxiété d'Ourika. De combien de forfaits faudrait-il payer le progrès ?

Le printemps, insensible aux révolutions des hommes, s'annonçait déjà dans Paris, lorsqu'un matin Ourika, épouvantée, apprit, en consultant une liste d'exécutions, que Marie de Mirmont figurait parmi les victimes de la veille.

Marie, la frêle, la tendre Marie, l'amie de son adolescence, victime de sa famille et de son mari avant d'être celle de Fouquier-Tinville ! Pourquoi elle ? Parce que Claude, activement recherché pour fraudes et menées contre-révolutionnaires, avait disparu. Et parce qu'il avait bien fallu que Marie, abandonnée de tous, paie pour le coupable, accusée de complicité.

Marie complice ! Elle qui ne savait rien, qui n'avait jamais rien appris. Elle était l'innocence personnifiée. Elle avait dû aller à l'échafaud sans rien comprendre. Comme une biche forcée par un chasseur. Comme un oiseau égorgé par un chat.

Ourika se rua chez Mélanie et, comme son amie

182

était absente, se rendit seule dans l'arrière-salle d'un café de la rue du Théâtre-Français où elle savait trouver des fidèles de Robespierre, habitués des clubs qu'elle fréquentait.

On ne l'avait pas vue depuis pas mal de temps. On l'accueillit sans tendresse.

« Que cherches-tu, citoyenne ? Il est un peu tôt pour un débat public.

– Je ne viens pas débattre en public, mais en privé. Je cherche un responsable du Tribunal Révolutionnaire à qui demander une explication.

– Il doit siéger à l'heure qu'il est. Mais peut-être puis-je parler en son nom. »

L'homme qui répondait à Ourika était jeune, blond, les traits fins, l'air enjoué.

Ourika évoqua Marie, sa pureté, son innocence. A mesure qu'elle s'exprimait, de toute son âme, elle voyait le visage de son interlocuteur se fermer, se durcir, donner des signes d'impatience.

Quand elle eut achevé, il dit :

« Je n'attendais pas ce langage de toi, citoyenne. Ce langage de femme. Ce langage d'indulgent. Je te croyais des nôtres. Je te croyais capable de comprendre le sens de notre combat. Les mots que tu as employés, je suis au regret de te le dire, ce sont les mots de nos ennemis. Les mots de la réaction.

– Les mots innocence, pureté, justice ?

– Personne n'est innocent au regard de la Révolution. Et personne n'est pur au regard de la vertu. On peut être coupable sans le savoir, par la faction

183

qu'on représente, par la caste à laquelle on appartient, par l'immobilisme qu'on garde. C'est trahir la révolution que de ne pas lui appartenir. Et l'on peut être impur en se contentant de vivre. Qui es-tu, citoyenne, pour juger de l'innocence et de la pureté ? Au nom de qui oses-tu parler de la justice ?

– Mais je connaissais Marie et je sais de quoi je parle.

– C'est précisément parce que tu la connaissais que tu es inapte à la défendre. Notre justice révolutionnaire n'a que faire de ces témoignages sentimentaux et pleurnichards. Les avocats eux-mêmes seront bientôt interdits, car ils ne servent qu'à fausser notre jugement.

– Vous vous croyez donc infaillibles ?

– Nous avons l'infaillibilité de la loi et du bien public. Elle seule compte. Elle seule doit nous diriger. »

Ourika comprit, au regard de son interlocuteur, qu'elle n'avait pas intérêt à poursuivre cette discussion.

« Crois-tu, citoyen, demanda-t-elle en s'efforçant de paraître calme, que je puisse en apprendre davantage sur cette condamnation et sur les derniers moments de celle qui fut mon amie ?

– Je ne te le conseille pas, citoyenne. Car peut-être pourrait-on te demander dans quelles circonstances cette aristocrate a été ton amie...

De toute manière, ajouta-t-il après un silence et en regardant attentivement le beau visage bouleversé d'Ourika, je pense qu'il est de certains débats qui

184

dépassent l'entendement de ton sexe. La révolution est aujourd'hui celle de la rigueur, de l'action et de la vertu. C'est donc une révolution d'hommes. »

Ourika, en s'enfuyant, se demandait avec désespoir pourquoi les femmes, qui n'étaient pas bonnes à faire des combattantes, pouvaient faire des victimes. Et comment on pouvait les condamner puisqu'elles étaient irresponsables.

Mais en même temps, au fond de son intelligence, quelque chose remuait qui ressemblait à de l'admiration, ou peut-être simplement à du respect, pour ce pouvoir cruel et impassible qui poursuivait coûte que coûte ses résolutions.

*

C'est pendant le début de ce printemps 94 (on disait au printemps de l'an II) qu'Ourika eut le plaisir de recevoir une visite de Guillaume.

Il revenait de la guerre secoué, le visage buriné, mais serein, solide, attentif, comme il était parti. Il parla de ses campagnes, mais sans insistance. Il dit la fierté qui les habitait, lui et ses camarades, lorsqu'ils se battaient pour la France et lorsqu'ils assuraient, du même coup, le triomphe de leur patrie et de la République. Il évoqua les jeunes généraux qu'ils avaient eux-mêmes choisis et qui les avaient conduits à l'ennemi comme s'ils étaient leurs enfants.

Il souligna avec force la reconnaissance qu'ils éprouvaient pour le Comité de Salut Public qui avait su

185

briser, à l'intérieur, tout ce qui risquait d'affaiblir ceux qui se battaient hors des frontières.

« Et maintenant, Guillaume, et maintenant ?

– Maintenant, je crois que la France est sauvée. Et que le combat qu'elle continue de mener avec des forces neuves et massives n'est plus de défense mais d'annexion et de propagande. A l'intérieur cependant le moment est venu d'aider la France à revivre. J'ai obtenu mon congé de l'armée. Je vais regagner mes champs. La terre me réclame, et mes bêtes, Ourika. »

Elle se rappela un mot de Montaigne qui lui venait à l'esprit chaque fois qu'elle songeait à Guillaume :

« Les paysans ne sont pas assez instruits pour penser de travers. »

Que la route suivie par Guillaume était aisée ! Sans une ornière. Sans une bifurcation. Elle crut qu'il lui adressait un message, sans le formuler.

Elle répondit à ce qu'il n'avait pas osé demander.

« Un jour peut-être, Guillaume, je retournerai là-bas. Pour toi. Mais mon rôle ici n'est pas achevé. La révolution n'est pas encore faite. »

Elle ne lui parla pas de ses doutes, de l'horreur qu'elle éprouvait quelquefois. Il n'aurait pas compris. Il l'aurait trouvée trop compliquée ou trop naïve. Et elle ne désirait pas dissiper ses illusions.

« D'autant plus, nota-t-elle sur son cahier, après son départ, que c'est sans doute lui qui a raison. Peut-être seront seuls sauvés ceux qui ne se seront pas posé de questions. »

Peu de temps après la visite de Guillaume, un matin, très tôt, elle dormait encore quand on frappa à la porte. Alphonse se leva le premier pour aller ouvrir. Elle entendit des injonctions, des bruits de pas, un remue-ménage.

Puis, elle revit Alphonse, à la porte de la chambre, qui lui dit :

« Ils viennent m'arrêter.

– Toi ?

Elle se dressa, folle de colère, passa un vêtement pendant qu'Alphonse s'habillait. Et se précipita dans la pièce d'à-côté où trois gardes en armes attendaient.

« Pourquoi venez-vous arrêter cet homme ?

– Parce que nous en avons reçu l'ordre.

– De quoi est-il accusé ?

– Il faudra le demander à ses juges.

– Savez-vous qui je suis ? Savez-vous que j'ai des amis jusqu'au grand Comité ?

– Vous irez les voir, citoyenne. Vous leur demanderez pourquoi ils nous ont envoyés. »

Elle était impuissante et furieuse. Alphonse, lui, revenait vers les gardes, très droit, très calme, comme s'il attendait ce moment depuis toujours.

Sa sérénité éteignit sa colère.

« Alphonse, s'écria-t-elle, je ferai...

– Tout ce que tu pourras, oui, je le sais. »

Il y avait quelques mois, elle aurait trouvé l'arrestation de son amant presque normale, on oserait dire : presque souhaitable.

Aujourd'hui , elle en était accablée.

« Mais Danton, demanda-t-elle, pourquoi ? »

Elle voulait dire : « Pourquoi t'a-t-il abandonné ? »

Alphonse la regarda avec étonnement. Elle ne savait donc pas ? Elle d'ordinaire si bien renseignée.

« On a dû l'arrêter ce matin même. En même temps que Desmoulins, Delacroix, Philippeaux, Fabre. »

Il était au courant. Il prévoyait sa propre arrestation. Et il n'avait rien dit ! Il n'avait pas cherché à fuir ! Comme si les victimes de Robespierre, avant d'être abattues, étaient engluées dans leur propre renonciation.

Elle le regarda préparer quelques vêtements, quelques livres et suivre ses gardes, posément, sans un regard en arrière, sans un signe d'adieu.

Il n'allait pas jusqu'à la soupçonner de l'avoir dénoncé, mais il se gardait de toute émotion inopportune et hypocrite.

Elle lui en sut gré, immensément.

Il était depuis longtemps sorti de sa passion et même de ses habitudes.

Mais cette scène avait suffi pour qu'il existât à nouveau avec une véhémence inimaginable.

Ourika connaissait trop bien les hommes qui avaient décrété Alphonse d'arrestation pour imaginer qu'ils puissent être sensibles à la pitié. Il avait à leurs yeux deux fois mérité la mort : pour avoir été girondin avant d'être dantoniste et pour être dantoniste après avoir été girondin. Tout ce qu'elle risquait en tentant ouvertement de sauver la vie d'Alphonse, c'était de ruiner la sienne.

Elle essaya donc la ruse. Et d'abord approcher de la prison où il était enfermé pour tâcher d'en surprendre les habitudes et les secrets. Paris, à l'apogée de la Terreur, avait dû multiplier les centres d'internement où, chaque jour, étaient conduits des dizaines de prévenus. En 1793 et 1794, on estime à sept mille le nombre d'hommes et de femmes qui résidèrent au moins quelques jours dans ces lieux plus ou moins sinistres. En dehors des dépôts des quarante-huit sections que l'on appelait familièrement "violons", le pouvoir robespierriste disposait d'une cinquantaine de prisons, dénommées selon leur affectation maisons de détention, maisons de force, maisons de suspicion, maisons de santé. Une vie étrange et complexe s'était organisée derrière leurs murs, à l'ombre devenue presque familière de la mort.

Ourika, quand elle sut que son amant avait été emmené à l'Abbaye, près du boulevard Saint-Germain, en fut soulagée. Elle craignait en effet qu'il ne suivît le sort de Danton et de ses principaux "complices", incarcérés, eux, au Luxembourg et dont le procès s'ouvrit presque instantanément. Si Alphonse n'avait pas été trop obscur pour être jugé en même temps que le célèbre tribun, il aurait été, comme lui, condamné le 16 germinal (5 avril) et, comme lui, exécuté le même jour.

C'est en regardant, bouleversée, passer la charrette où se trouvait Danton, près du Pont-au-Change, qu'Ourika tomba sur Mélanie dont, dans son affolement, elle avait presque oublié l'existence.

Hypnotisées, les deux femmes regardaient cet homme de trente-quatre ans dont le courage et l'indifférence, à l'approche de la guillotine, effaçaient les faiblesses et les corruptions passées. Ourika se souvenait de leur entretien. Il avait dit : « J'éprouve parfois l'atroce tentation d'être du côté des guillotinés plutôt que des guillotineurs. » Il avait dit aussi : « Il y a tant de bonheur à donner aux hommes pour des gens comme toi et moi. »

Mais il allait vers sa mort la tête haute, acceptant le sort qui lui était échu et se rappelant peut-être ce qui avait fait de sa vie si courte une vie si pleine.

Mélanie pleurait silencieusement à côté d'Ourika. Elle avait toujours, instinctivement, eu confiance en cet homme dont le visage était si laid qu'il ne pouvait pas, en plus, avoir l'âme mauvaise ! Elle l'avait aimé physiquement, puis l'avait aidé à trouver des filles. Mais depuis son second mariage, elle ne l'avait pratiquement jamais revu.

Quand la charrette qui emportait Danton et ses amis vers son supplice eut disparu à l'angle du quai de la Mégisserie, elles restèrent longtemps, la noire et la rousse, stupéfaites, incrédules, désolées.

Ourika, enfin, décida de confier à Mélanie le malheur d'Alphonse.

Elle trouva en son amie un soutien total.

« Ecoute, lui dit-elle, maintenant qu'ils ont tué Danton, plus rien ne m'attache à ces révolutionnaires sans tripes et sans couilles. Leur politique est froide comme leur cœur. Tu dis qu'Alphonse est à Saint-Germain ? On le sortira de là. Retrouvons-nous demain chez Procope. Je te soumettrai mon plan. »

*

Mélanie connaissait tout le monde. Parmi les bourreaux comme parmi les victimes. Parmi les prisonniers comme parmi les geôliers. Il lui suffit de se rendre à l'Abbaye, le soir même, pour apprendre qu'un de ses anciens amants, un brasseur de Belleville, accusé d'avoir écoulé de faux assignats, était détenu dans cette prison devenue célèbre depuis que Marie-Anne-Charlotte Corday d'Ermont y avait séjourné, entre son geste homicide et son exécution. Il s'appelait Victor Biraud. Il fut surpris de recevoir la visite d'une fille qu'il avait quasiment oubliée et stupéfait d'apprendre ce qu'elle venait lui demander.

S'échapper de la prison ? Pourquoi ? Comment ? Ce qui compliquait la tâche de Mélanie, c'est que Biraud n'était plus l'être intéressé, vulgaire et prêt à tout qu'elle avait connu. Il avait, entre les deux petites tours qui flanquaient les angles de cette prisonforteresse, fréquenté des hommes et des femmes étonnants, comme Madame Roland, Vergniaud, d'anciens aristocrates, des prêtres réfractaires. Il avait vécu en leur compagnie une existence faite de solidarité, de prévenance et de tolérance dont il savait que, s'il survivait, il serait transformé. Il avait vu certains de ses compagnons d'infortune partir vers la mort en souriant. Il attendait son tour ou sa délivrance. S'échapper ? Il n'y songeait pas.

Mélanie dut, pour le convaincre, non pas lui promettre de l'argent, ce qui aurait été simple, mais faire appel précisément à ses sentiments de générosité et de solidarité, ce qui demanda du temps. Elle parla d'Ourika, de sa fraîcheur d'âme, de son angoisse, de sa solitude. Elle se reprochait l'arrestation d'Alphonse ; seule, son évasion la rachèterait. Que risquait-il à tenter le coup ? Voulait-il aller à l'abattoir comme un mouton ? Voici ce qu'elle lui proposait. Ayant des accointances dans la place, elle y introduirait des vêtements de gardes que lui-même et Alphonse n'auraient qu'à revêtir. Chaque fois qu'on venait chercher des prisonniers pour les transférer dans une autre prison, un moment de confusion se produisait. A eux de se débrouiller pour en profiter.

Victor Biraud céda, devant cette éloquence, de guerre lasse. Du moins aiderait-il Alphonse à se sauver. Pour lui, il verrait.

Mélanie exposa à Ourika les moindres détails de son stratagème. Il ne semblait d'ailleurs pas qu'il y eût urgence. Ourika avait appris, grâce à ses relations aux

Jacobins, que le dossier d'Alphonse ne serait pas appelé avant plusieurs jours.

Pendant que Mélanie mettait au point sa combinaison, avec un enthousiasme et un esprit d'organisation qui impressionnaient Ourika, celle-ci réussissait à obtenir de rendre visite à son amant.

Mais elle le trouva comme elle l'avait laissé : sans combativité réelle et sans désir profond qu'on vînt à son secours. « Ton soutien jusqu'ici ne m'a guère été salutaire », eut-il même la cruauté de lui glisser.

Elle le reconnut, mais elle avait cru bien faire. Qui pouvait se douter que Danton serait liquidé ? Elle se força bravement à revenir sur leur amour, sur leur entente, sur leurs projets. Il ne devait pas abdiquer. Ils auraient encore de beaux jours. Elle mentait et il le savait. Mais cette double comédie était-elle condamnable ?

« Je crois qu'il est trop tard de toute façon, lui dit-il, et Mélanie a sans doute trop d'imagination. Mais je te suis reconnaissant d'essayer. »

La veille du jour où le plan de Mélanie devait être exécuté, celle-ci débarqua en catastrophe chez Ourika. Tout était par terre. Son ami Biraud, le jour même, avait été transféré à la Conciergerie pour y être jugé. Et les complices qu'elle avait réussi à soudoyer dans la prison lui avaient fait savoir que, dans ces conditions, ils ne tenteraient rien.

Elle était furieuse, Mélanie, mais impuissante. Ourika, affolée, mais pas trop surprise, sortit pour tenter un nouvel essai. On était au début de mai, pardon, de prairial. Le soleil chantait dans Paris. Elle courut à l'Abbaye réclamer un nouveau droit de visite. On lui répondit qu'Alphonse n'en aurait plus besoin. Il avait été jugé et condamné la veille. Il serait exécuté le lendemain.

Ils s'étaient rencontrés à peine trois ans plus tôt, au moment de la fuite avortée de la famille royale. Il était beau, jeune, flamboyant d'orgueil et d'idéal. Elle l'avait aimé tout de suite. Il avait adoré en elle jusqu'à la couleur de sa peau. Quel chemin parcouru depuis leur rencontre ! Elle passa la nuit à errer dans Paris en se remémorant l'histoire de leur amour et en s'interrogeant sur les raisons de son fiasco. Quelle avait été la part des événements extérieurs dans leur échec ? Seraient-ils encore, en temps de paix, un couple uni ?

Il avait cru passionnément en la Révolution. Il s'en était approché avec fougue et enthousiasme, mais sans l'audace, le cynisme ou le sang-froid qui permettent de dompter les événements. Il en avait été broyé, comme tant d'autres. Par sa faiblesse, par sa naïveté, par son inexpérience. La Révolution ne tolérait que les plus forts ou les plus roués.

Elle s'obligea, au matin, frissonnante de froid, de remords et de désespoir, à se poster près de la Seine, là où forcément passerait le condamné. Elle osa à peine le regarder. Lui ne pouvait pas la voir. Il ne pouvait plus voir personne. Il était déjà absent.

La voici seule à nouveau. Seule, exténuée, inutile. Ses amis l'étaient-ils encore ? A qui pouvait-elle se fier ? Une vague rancœur à l'égard de Mélanie la tint quelque temps éloignée d'elle. Son bagout, sa verdeur, ses outrances la terrorisaient. Elle songea à partir pour la campagne, oublier ce cauchemar, rejoindre Guillaume ; mais sa fierté la retenait et le sentiment têtu qu'elle ne devait pas, éternellemnt, comme elle l'avait fait jusqu'à aujourd'hui, prendre la fuite. Il lui semblait que Paris était encore sa maison, sa "métropole", et qu'elle avait encore quelque chose d'important à y accomplir.

Quoi ? Elle ne savait pas.

Elle se força à voir des gens, à sortir. Refusant de continuer à vivre sous le toit d'Alphonse, parmi les souvenirs d'Alphonse, elle s'était contentée d'emporter le strict nécessaire et avait obtenu d'être hébergée, dans une mansarde, par un couple d'artisans menuisiers que lui avait présenté Mélanie. C'étaient des êtres simples qui ne savaient rien de la politique et qui n'en attendaient rien. Ils avaient adopté un enfant infirme et abandonné, à qui Ourika se mit à apprendre à lire. Cela, c'était dans ses cordes. Et cela lui évitait de penser.

Une rencontre qu'elle fit dans les premiers jours de mai lui laissa une impression bizarre, déconcertante.

Souvent, lorsqu'elle habitait encore avec Alphonse, il lui arrivait, en sortant de la maison ou en y revenant, d'apercevoir une longue silhouette noire, qui disparaissait aussitôt. Elle avait fini par s'y habituer, comme s'il s'agissait d'un chat ou d'un chien craintifs.

Quand elle s'installa rue des Lombards, chez ses artisans, l'ombre, bien entendu, ne la suivit pas. Mais un jour, très vite, elle reparut. Cette fois, elle eut envie de percer son secret.

C'était en fin de journée. Ourika feignit d'ouvrir sa porte, puis courut vers l'homme qui s'enfuit, mais trébucha et tomba sur les pavés, près d'une borne, en gémissant. Elle se pencha sur lui et reconnut, non sans mal, le duc de Montgêtre !

Dans son visage creusé, blâfard, envahi par une barbe hirsute et malpropre, seuls ses yeux bleus, lumineux, et son nez démesuré étaient reconnaissables. Le long vêtement qu'il portait s'effilochait par lambeaux.

On eût dit un fantôme noir déguenillé.

« Mon Dieu, dit-elle, que faites-vous ici ? »

Elle l'aida à se relever, péniblement.

Il l'observa de haut, longuement, calmement, presque amoureusement, puis, avec des intonations bizarres, parfois stridentes, qui résonnaient dans le silence, il dit :

« On m'a donné l'ordre de vous surveiller, Ourika de Mirmont. Je le fais.

– On vous a donné l'ordre ? Qui, grands dieux ? »

Il la fixa d'un regard stupéfait, comme si elle avait blasphémé.

« Je ne reçois, répondit-il, d'ordre que de mon roi. »

196

Il lui revint alors brusquement en mémoire l'étrange hôtel de Mérelle, plein d'obscurs et dérisoires complots. On l'avait prévenue quand on l'en avait chassée : « Vous serez épiée nuit et jour ». Madame de Mirmont, lors de sa visite, avait confirmé cette menace. Philippe de Montgêtre avait dû être commis à sa surveillance. Et il l'espionnait depuis plus de deux ans contre vents et révolutions !

Elle prit sur elle de ne pas éclater de rire.

« Croyez-vous, duc Philippe, dit-elle simplement, que cet ordre du souverain tienne encore aujourd'hui ? »

Elle crut même devoir ajouter :

« Aujourd'hui qu'il n'y a plus de souverain ? »

Il se redressa alors, l'écrasant de sa taille de géant, et répondit :

« Un ordre est un ordre, Mademoiselle. Et les rois ne meurent jamais. »

L'esprit d'Ourika fut, pendant un moment, traversé de réflexion et d'incertitude. Comment, après de tels propos, espérer réussir une révolution ? Quel mode de raisonnement appliquer à cette logique ? De quelle progression et de quelle adhésion des hommes à quelque système que ce soit escompter un résultat ?

Il faisait nuit maintenant, Ourika songeait. Des rôdeurs, près d'eux, s'agitèrent dans l'ombre.

« N'ayez pas peur, Ourika, dit-il, ils sont avec moi. »

Elle réalisa, tout à coup. Le duc vivait parmi les gueux. On devait depuis longtemps le rechercher comme comploteur. Il s'était volatilisé en plein Paris en se mêlant au peuple des mendiants et des voleurs, de ceux qu'on appelait pinchipincha, sans-ortaux ou Julien-le-Manchot. Tout en demeurant fidèle à sa mission.

Elle s'approcha de lui, le prit par la main. Elle aurait aimé lui donner un peu de sa chaleur.

« Monsieur le duc, dit-elle, je vous promets de ne rien faire pour vous échapper. »

Il répondit en manière d'excuse :

« Je ne vous surveille pas pour moi, mais pour lui. »

Nul ne pouvait rien ajouter à cela.

Elle lui demanda doucement si du pain, des fruits, des vivres lui feraient plaisir. Il ne dit pas oui, mais c'était tout comme. Elle le laissa, toute remuée.

Pendant quelques jours, quand elle sortait le matin pour se rendre chez son avocat, elle déposait un petit paquet anonyme sur la borne où il s'était appuyé. Le soir, elle était heureuse de constater qu'il avait disparu.

Mais un beau jour, elle le retrouva intact. Le lendemain, il y était encore. Elle chercha Philippe vainement. Il fallait, pour qu'il désobéît ainsi, qu'il en fût empêché gravement.

*

La révolution de la vertu s'exténuait cependant à force de réussir. Partout, la contre-révolution était brisée. A l'extérieur, la Belgique était reconquise et la campagne glorieuse de Sambre-et-Meuse allait aboutir au succès décisif de Fleurus. « Nos victoires, disait Barère, s'acharnaient après Robespierre. » Seuls, l'Incorruptible, Saint-Just et leurs amis persistaient à entretenir un système dont ils étaient de plus en plus prisonniers. La Terreur se nourrissait d'elle-même. « Il faut guillotiner, disait Barras, ou s'attendre à l'être. » Et déjà dans l'ombre ceux qui redoutaient l'échafaud travaillaient à perdre ceux qui l'alimentaient.

Ourika avait, de guerre lasse, renoué avec Mélanie. Une Mélanie plus ardente que jamais et que la mort de Danton avait transformée en une tigresse farouchement opposée à ce "Comité de cadavres et d'inquisiteurs".

L'excès, comme toujours, hérissait l'intelligence d'Ourika. Et d'abord, elle se contenta, sans mot dire, d'écouter son amie vitupérer contre ce qu'elle appelait le "gouvernement trois fois traître" : traître au peuple, traître à la France, traître à la Révolution.

Elle ne manquait pas d'arguments, Mélanie. Vivant au contact de la misère ouvrière, en percevant chaque jour l'aggravation, elle n'avait pas de mots assez durs pour maudire les accapareurs et les affameurs auxquels, prétendait-elle, Robespierre et ses sbires donnaient la main. Il fallait l'entendre énumérer les griefs des sans-culottes : les grèves réprimées, l'assignat ruiné, la taxation illusoire, la réquisition interdite, les sociétés sectionnaires dissoutes. Et voici qu'il était question de taxer et de limiter les salaires.

199

Ah ! il était beau, le gouvernement du peuple ! Ah ! elle était propre, la démocratie ! Pour Mélanie, en assassinant Danton, Robespierre avait assassiné la révolution. Et l'on croyait entendre la voix ressuscitée du grand tribun disparu en prêtant l'oreille aux imprécations de Mélanie, vomissant « cette politique de châtrés et de vautours, qui croient avoir compris les hommes quand ils ne comprennent que les lois. »

Ourika, plus intellectuelle, plus "philosophe", hésitait à partager cette indignation. « C'est vrai, pensait-elle, le petit peuple est momentanément oublié et tous les rêves de démocratie directe évanouis. Mais où en serait la France sans cette rigueur et sans cette autorité ? »

Quelque chose en elle de plus fort que son émotion et que sa sensibilité approuvait, dans le discours et dans l'action robespierristes, une hauteur de vues, une exigence, une opiniâtreté dont elle espérait encore qu'elles finiraient par porter leurs fruits. Elle admirait par exemple la lucidité d'une analyse telle que celle-ci : « Le gouvernement révolutionnaire doit voguer entre deux écueils, la faiblesse et la témérité, le modérantisme et l'excès : le modérantisme qui est à la modération ce que l'impuissance est à la chasteté ; et l'excès qui ressemble à l'énergie comme l'hydropisie à la santé. »

Elle était reconnaissante au Comité dictatorial d'avoir « aboli l'esclavage des nègres dans toutes les colonies ». Et même sur le chapitre de la violence, elle comprenait qu'on pût la considérer comme un bienfait pourvu, comme disait Robespierre, qu'elle fût indissociablement liée à la vertu. « La vertu sans laquelle la terreur est funeste ; la terreur sans laquelle la vertu est impuissante. »

« Bientôt, lui disait Mélanie en s'étranglant, tu vas approuver Robespierre d'avoir guillotiné Alphonse !

– Non, répondait Ourika, mais j'essaie de ne pas raisonner avec mon cœur. Il me semble qu'en politique les intentions sont aussi importantes que les actes. Et il me semble que les intentions des Jacobins sont pures.

– Encore quelques intentions, M'sieurs-Dames, s'écriait Mélanie, et bientôt sur le beau sol de France il n'y aura que des cadavres et Robespierre, trônant par dessus ! »

*

Et c'est vrai qu'à partir de ce mois de mai 94, la Terreur, au lieu de s'atténuer, maintenant qu'elle avait eu gain de cause, ne cessait de s'exaspérer.

Après Danton et ses "complices", Chaumette l'athée et Gobel le trop chrétien, le général Dillon, la veuve Hébert, Lucile Desmoulins, Malesherbes et vingt-huit fermiers généraux, parmi lesquels Lavoisier, avaient été livrés au bourreau. Le 22 prairial (10 juin), une loi renforça la procédure terroriste. L'interrogatoire préalable et la défense des accusés étaient supprimés : le tribunal n'avait le choix qu'entre l'acquittement et la

201

mort.

Le terme de *suspect*, qui vous envoyait résolument à l'échafaud, s'était dans le même temps immensément élargi, un arrêté de la Commune ayant introduit l'*indifférence* parmi les motifs de suspicion. Finalement, selon un article de cet arrêté, étaient suspects et condamnables « ceux qui, n'ayant rien fait contre la liberté, n'avaient aussi rien fait pour elle ! »

Le flot des exécutions augmenta donc brutalement. Afin d'évacuer les prisons trop bien remplies, on imagina qu'elles étaient le siège de graves "conspirations" contre le pouvoir révolutionnaire. On put, dès lors, sur simple dénonciation d'un "mouton" infiltré dans les prisons, condamner et exécuter par fournées entières. « Les têtes, reconnaissait Fouquier-Tinville, tombaient comme des ardoises par grand vent. »

Et Saint-Just, qui avait déclaré qu' « un peuple qui n'est pas heureux n'a pas de patrie » constatait que le grand espoir révolutionnaire était en train de "se glacer".

Ourika apprit ainsi l'arrestation, puis la mise à mort de la comtesse de Breteuil, de la comtesse de Mérelle, du curé de Vendôme. Elle parvenait à peine à s'émouvoir, tant une espèce de fatalisme s'était emparé d'elle et tant s'acharnait à l'habiter la conviction que le cauchemar finirait bien par s'évanouir, que la paix et le bonheur finiraient bien par triompher.

Elle était frappée du reste par ce que la France conservait de rayonnement et de promesse. Car l'œuvre de salut public, Dieu merci, ne se ramenait pas à la terreur. Le sentiment national n'avait jamais été aussi vibrant, l'école de tous aussi ouverte, les secours publics aussi abondants. Et les fêtes aussi joyeuses !

Le 20 prairial an II (8 juin 1794) se déroula à Paris la fête de l'Etre Suprême et de la Nature. Elu président de la Convention quelques jours plus tôt, Robespierre la présida, un bouquet de fleurs et d'épis à la main. Au milieu d'un peuple immense, débordant d'allégresse, la cérémonie déroula son cortège magnifique ordonné par David, des Tuileries au Champ-de-Mars, aux accents de la musique de Gossec et de Méhul. L'impression faite sur tous ceux, Français et étrangers, qui y assistèrent, fut profonde. « Je ne crois pas, écrivit un simple observateur, que l'histoire offre l'exemple d'une pareille journée. »

Et Mallet du Pan, journaliste contre-révolutionnaire, avouait : « On crut vraiment que Robespierre allait fermer l'abîme de la Révolution. »

Mélanie elle-même en était impressionnée.

Ourika, elle, se reprenait à vivre !

C'est le lendemain de ce jour qu'elle apprit que la marquise de Mirmont et son petit-fils, Claude, venaient d'être emprisonnés.

*

La rage froide qui s'empara d'elle tout à coup l'étonna elle-même. Plus rien brusquement ne

203

comptait. Elle savait pourquoi elle était restée à Paris à attendre. Parce qu'elle avait une tâche impérative à accomplir qui justifierait sa présence et même son existence. Le même emportement irraisonné, furieux, qui l'envahit, elle l'avait ressenti quatre ans plus tôt, au moment de quitter le château. Le même torrent glacé et irrésistible, sans doute révélateur de ses origines. Pourquoi Claude, pourquoi Madame de Mirmont ? Parce que c'en était trop, subitement. Parce que ceux-là lui appartenaient.

Elle fut tout à coup terrifiante de rigueur, de volonté, d'imagination, Ourika. Comme lorsque se débonde un réservoir trop plein. D'abord elle se rendit à la prison du Port-Libre, en plein Paris, là où étaient détenus sa "mère" et son "frère". Et en se réclamant, au culot, du Comité de Sûreté Générale, où elle comptait plusieurs relations, elle se fit remettre la liste des prisonniers. Elle avait déjà son idée en tête : une idée folle. Délivrer une bonne partie de la prison, en bloc, en organisant une fausse opération de transfert. « Je ferai sortir ces hommes et ces femmes. Et Dieu ou le diable pourvoieront à leur salut ! »

Mélanie elle-même en avait été stupéfaite. Elle ne reconnaissait pas la tendre, la timide Ourika.

« Mais à qui allons-nous demander de jouer le rôle des faux gardes ? »

Elle s'était sans une hésitation jointe à la machination.

« A tes amis, aux miens, à ceux des prisonniers. A tous ceux qui n'acceptent plus ces hécatombes. Nous leur dirons que, maintenant, la révolution a gagné et que, maintenant, tout le monde a le droit de vivre. »

Il fallait faire vite et dans une absolue discrétion. La moindre fuite eût tout fichu par terre.

« Tu comprends, Mélanie, disait Ourika transfigurée en tripotant son bracelet d'enfant et en le portant, comme un talisman, à ses lèvres, tu comprends, il ne s'agit plus de faire évader deux ou trois malheureux à peine consentants, mais de délivrer le pays, de délivrer la République. On l'a gagnée, notre liberté, non ? Tu verras, un grand cri suffira ! »

Elles passèrent deux jours pleins à rassembler une dizaine d'hommes décidés, que l'exécution ou l'emprisonnement d'un parent ou d'un ami très proche avaient exaspérés. Ourika, éperdue et méticuleuse, sut trouver les mots nécessaires. L'ampleur même de l'entreprise les servirait. Personne ne pourrait croire un seul instant qu'il s'agissait d'un coup monté. D'autant plus que, prétendait-elle, elle bénéficiait d'importants appuis. Elle leur montra des papiers à en-tête du Comité de Sûreté Générale, qu'elle avait réussi à se procurer. Avec quelques signatures prestigieuses qu'elle avait imitées.

Elle disposait elle-même d'un ordre de mission apparemment en règle.

Elle fit adresser le soir-même à Port-Libre un message informant le directeur de Centre d'internement que, le lendemain matin, une escouade viendrait chercher cinquante prisonniers pour les transférer dans une autre prison.

La liste de ces prisonniers accompagnait le document.

Parmi ces noms, bien sûr, figuraient ceux de la citoyenne et du citoyen de Mirmont. Mais aussi celui du ci-devant duc de Montgêtre !

En consultant la liste des prisonniers, Ourika avait en effet découvert que son espion familier était, lui aussi, à Port-Libre.

Elle avait hésité à le coucher sur la liste. Peut-être ne tenait-il pas à recouvrer la liberté. Peut-être, en la reconnaissant, ferait-il échouer l'opération.

Mais elle prit le risque, froidement. Par défi.

Et aussi au nom de l'affection singulière qu'elle portait à ce personnage singulier.

*

« L'entreprise est désespérée, donc elle réussira ! », disait Ourika à Mélanie en se dirigeant, de bon matin, vers l'ancien et célèbre couvent de Port-Royal transformé en prison et débaptisé.

Deux de ses volontaires, au dernier moment, lui avaient fait faux bond. Tant pis ! Les autres étaient là, déterminés. Ils avaient tous un être cher à libérer. Ils préféraient mourir que vivre sans lui.

On était, en vieux style, le 21 juin. Ourika avait ce jour-là vingt et un ans. Elle y avait pensé seulement le matin en faisant ses adieux à ses amis menuisiers et en embrassant Henri, le petit infirme. Elle ne leur avait rien révélé, pour ne pas les compromettre, de son entreprise, mais elle leur avait confié son journal en le leur recommandant. La compréhension se lisait dans leurs yeux.

Il pluviotait sur Paris. Ourika ne s'était jamais sentie aussi sûre d'elle. Comme si, quoi qu'il arrive, tout ce qu'elle traînait confusément de regrets et de remords allait s'effacer aujourd'hui.

« Ne te prends pas trop pour Jeanne d'Arc quand même ! » lui recommanda Mélanie en chemin.

Ourika sourit. Il y avait un peu de cela.

Et parce qu'elle était folle en effet, parce qu'elle sortait des normes, parce qu'elle était conduite par une fille qui ne doutait de rien, l'opération faillit réussir.

D'où vint le grain de sable ?

De là où personne ne l'attendait.

Tout était bien en place. Les prisonniers rassemblés sous les arbres d'un petit cloître. Il avait été décidé que Mélanie resterait dehors, à guetter. Ourika et ses complices, en uniformes de gardes, entrèrent et présentèrent l'ordre de transfert. Les gardiens n'avaient aucune raison de se méfier.

Ourika se mit en avant : « Citoyenne Doutis, mandatée par le Comité de Sûreté Générale. Exécutez les ordres. »

Il aurait suffi que les prisonniers qui ne savaient rien ne disent rien. Qu'ils comprennent ou non ce qui se passait.

L'un d'eux refusa.

Philippe de Montgêtre ?

Non, Claude de Mirmont !

Il avait été mêlé, on le sait, à des spéculations louches et à des affaires de faux assignats. Recherché depuis des mois, il avait réussi à échapper à toutes les poursuites jusqu'à sa récente arrestation. Il avait appris la mort de Marie : par sa faute ! Et pour faire bonne mesure l'arrestation de la marquise : par sa faute également !

Il avait besoin d'un bouc émissaire, d'un alibi. Ourika tombait à pic. C'est elle qui les avait dénoncés, elle qui les avait trahis !

Au moment où elle croyait toucher au but, un homme s'avança et une voix retentit, furieuse : celle de Claude.

« On vous trompe tous ici ! On ne vient pas vous transférer, mais vous perdre. On ne vous conduit pas dans une autre prison, mais à la mort. Cette femme est notre ennemie, suppôt de la Terreur. Cette chienne ne s'appelle pas Doutis, mais de Mirmont. Elle n'est pas ce qu'elle prétend être. Elle est ma sœur ! »

Stupéfaction. Réaction brutale des forces de l'ordre. Les gardiens en armes mettent en joue qui les prisonniers, qui le petit groupe d'Ourika. Ils hésitent. Ourika ne veut pas de sang. Elle essaie de le prendre de haut, de parlementer, mais Claude, hors de lui, insiste, l'injurie. Elle n'a pas d'armes et ses complices non plus. Ils sentent le vent. Trois ou quatre réussissent à prendre le large. Ourika, elle, ne bouge plus, ne dit plus rien. On l'appréhende. On examine de plus près son ordre de mission et ses papiers.

Il est facile de découvrir qu'ils sont faux,

maintenant qu'on le sait.

Les prisonniers, qui n'ont rien compris, sont ramenés en prison brutalement.

Ourika est écrouée, elle aussi. Conduite sous bonne garde dans une cellule. Incarcérée sans ménagement.

Elle n'a rien perdu de son sang-froid. Elle joue encore : « Allez dire à vos maîtres qui vous venez de capturer. Je serais étonnée qu'ils vous le pardonnent ! »

Elle a échoué. Elle est furibonde.

Mais en même temps, quelque part, elle se sent bien.

*

Ourika pensait qu'elle avait plusieurs jours devant elle et ne se trompait pas. Car l'affaire, on s'en doute, avait fait grand bruit, jusqu'au grand Comité, jusqu'à la Convention. L'étrange personnalité d'Ourika, ses accointances avec les milieux jacobins éclairaient le complot de lueurs singulières. Pour qui travaillait-elle ? Jusqu'où s'étendait son projet ? N'imaginant pas que sa machination était née de sa seule inspiration, on s'efforça non seulement de la percer à jour, mais de l'utiliser. Rien de mieux qu'un complot désamorcé pour régler certains comptes.

Une commission d'enquête fut donc désignée, chargée de rechercher toutes les responsabilités, à l'intérieur comme à l'extérieur de la prison. Ourika fut régulièrement et minutieusement interrogée ; on s'efforça de reconstituer l'écheveau compliqué de sa jeune existence ; on y réussit assez bien, malgré ses réticences. Quatre de ses "gardes" complices, qui avaient été arrêtés, n'aidèrent guère les enquêteurs. Ils ne savaient rien de la jeune Noire. Ils l'avaient suivie pour libérer un des leurs. Un point c'est tout.

Ourika poursuivait avec lucidité et obstination deux objectifs parallèles. D'abord gagner du temps, en compliquant l'instruction de son procès, en laissant entendre qu'elle n'avait pas agi seule, en rendant son existence et celle de ses principaux complices précieuses à ses juges. En second lieu, prendre contact avec les Mirmont pour se justifier.

Elle voulait bien mourir, mais pas avant de s'être lavée de tout soupçon. Elle était assez fière de ce qu'elle avait fait pour que, de cela au moins, on ne lui tînt pas rigueur ! Elle ne serait définitivement en paix avec elle-même que lorsqu'elle serait en paix avec ceux qui l'avaient calomniée.

La prison de Port-Libre n'était heureusement pas une prison comme les autres. Elle conservait de ses origines conventuelles une disposition et des aménagements qui cadraient mal avec la discipline et la sévérité carcérales. C'est ainsi qu'au début de la Terreur, liberté était laissée aux prisonniers d'organiser à leur guise leurs loisirs forcés. Un petit quatuor à cordes avait pu, par exemple, s'improviser et, dans la chapelle qui servait de lieu de réunion, où chacun apportait son chandelier et où les dames brodaient près du feu, charmer les prévenus, en même temps que la harpe du curé de Marly et la voix suave de Mademoiselle de Béthisy. On y dînait fort agréablement, on y composait des poèmes et, le soir, quand le temps le permettait, on prenait l'air jusqu'à la nuit, dans le jardin, près d'un vieil acacia, en bavardant. « On aurait dit, raconta plus tard un locataire de Port-Libre, qu'on n'était tous qu'une seule et même famille réunie dans un vaste château. »

Cependant, à mesure que la situation s'envenimait, la discipline s'était durcie. Et le départ pour l'échafaud de prisonniers de plus en plus nombreux, comme Malesherbes et sa famille, assaisonnait de tragique le ton général de sensiblerie, de facilité et de cabotinage qui subsistait dans cette curieuse prison.

Ourika, quoiqu'elle fût tenue au secret et surveillée de manière particulière, sut assez vite profiter des mœurs de l'établissement pour entrer en contact, par l'intermédiaire d'une vieille dame noble qui passait son temps à composer des madrigaux qu'elle recopiait sur les murs de sa cellule, avec la marquise de Mirmont.

« J'étais venue vraiment pour vous délivrer. Ne perdez pas courage », disait le message d'Ourika.

La marquise la crut instantanément. Elle connaissait sa fille. Elle ne pouvait pas la tromper au seuil de la mort.

Elle en parla aussitôt à Claude qu'elle parvenait à rencontrer presque chaque soir.

Claude était revenu de son accès de rage et les

interrogatoires auxquels il avait dû faire face, les questions qu'on lui posait à propos des agissements d'Ourika et de ses menées contre-révolutionnaires, avaient ébranlé sa conviction.

D'abord cependant il refusa d'écouter sa mère, se mit en colère, puis se calma.

Il verrait Ourika, si c'était possible, et l'écouterait.

Il fallut près de deux semaines aux trois prisonniers pour se rejoindre.

*

Sans les investigations des notables jacobins eux-mêmes, pour savoir qui se cachait derrière Ourika et de quelles complicités elle avait bénéficié à l'intérieur de la prison et, au dehors, jusqu'au gouvernement, le sort de Claude et de la marquise aurait été réglé bien plus rapidement. Il avait trafiqué, de toute évidence. Elle était la grand-mère d'un émigré et d'un fraudeur patenté.

Mais on voulait tout connaître du complot d'Ourika et de ceux qui y avaient trempé.

C'est ainsi que purent, un soir de juillet, se retrouver, près de la petite fontaine où les prisonniers se passaient les mains sous l'eau avant de se rendre au réfectoire, Madame de Mirmont, Claude et Ourika.

Ils s'étaient assis comme s'ils n'avaient rien à se dire. Ou comme si ce qu'ils avaient à se dire allait de soi. Comme lorsqu'ils marchaient ensemble dans la forêt bourguignone et que, derrière la marquise qui traînait volontairement la jambe, les deux adolescents se confiaient leurs secrets.

Claude avait-il tellement changé ? Ourika se le demandait et ne savait que répondre. Mais elle le connaissait si bien que c'était comme s'il n'avait pas changé.

Il était arrivé avec l'intention de le prendre de haut et d'être un juge avec la seule personne qui acceptât qu'il tînt ce rôle.

Mais, quand il la regarda, il sut que ce serait lui qui serait finalement jugé.

« Ourika, dit-il, que je t'en ai voulu ! Toi que nous avons faite, au château. Toi qui nous as reniés et trahis. Et tu prétendais vouloir nous sauver. Quelle farce ! »

Voulait-il l'accuser ou se justifier lui-même ?

« Claude, dit-elle, j'ai suivi mon chemin. J'ai cru que c'était pour cela que vous m'aviez élevée. Nos routes en effet ne devaient plus se rencontrer. Je regrette, crois-le, de n'avoir pas su garder la mienne.

– Mais que croyais-tu faire en venant ici ?

– Vous sauver, était-ce un crime ?

– Nous sauver ! A qui espères-tu faire croire cela ? »

Il n'y avait qu'à observer Madame de Mirmont pour que la réponse fût prête. Mais Ourika ne tenait pas à braquer le petit-fils contre la grand-mère. Elle seule avait à défendre son dossier.

« Ce qu'on entreprend n'est ridicule qu'après

l'échec, dit-elle. Avant, cela s'appelle espoir. Tu aurais préféré que j'applaudisse le jour de ton exécution ? »

Il ne savait plus très bien à quoi s'en tenir ni quel ton adopter. Il sentait par ailleurs que le même courant passait entre les deux femmes et les unissait contre lui.

« Tu aurais pu au moins nous avertir, non ?

– Pour que tu nous dénonces au préalable ?

– Avoue au moins que ton projet était insensé.

– Je l'avoue, Claude. Si tu veux.

– Et que personne ne pouvait y croire.

– Personne sans doute sauf ceux de ma race. »

Elle regardait la marquise en disant cela, la marquise qui baissait les yeux.

Claude avait attaqué sans cesse, mais de toute évidence c'est Ourika qui avait marqué les points.

Ils n'en dirent guère plus ce soir-là. Le but d'Ourika n'était point de convaincre Claude, encore moins de l'enfoncer, mais de l'amener à réfléchir et à bouger. Le peu de temps qu'il leur restait travaillait pour elle.

Ils se retrouvèrent les jours suivants et leurs confidences prirent insensiblement le ton de la compréhension, puis de la bienveillance, puis de la foi. Elle se mit à lui confier toutes ses pensées, maintenant qu'elles ne retentissaient plus sur son amour-propre. Elle lui raconta sa vie, ses aventures, ses convictions, ses doutes, ses engagements. Son amour pour Alphonse et comment il était mort. Et ce qui l'avait motivée et conduite depuis qu'elle savait, de raison sûre, que la révolution, quoi qu'il arrive, avait gagné la partie. Rien ne serait jamais comme avant, Claude, il fallait se faire une raison. Les hommes de la liberté passeraient, on les encenserait ou on les stigmatiserait, mais ce qu'ils avaient fait résisterait au temps et ressurgirait même de l'oubli et du néant.

Il était dommage sans doute que Claude l'eût empêchée de les sauver. Mais peut-être valait-il mieux qu'il en fût ainsi. Il avait raison : c'était un plan trop simple, trop stupide. Un plan de jeune négresse sans cervelle.

Claude était effrayé, car il la croyait. Il ne l'avait sans doute jamais aimée, mais maintenant le tourmentait une sorte de regret. Celui d'être passé à côté de tant de richesses. D'avoir ignoré tant de subtilités. Elle n'entraînait pas son adhésion, bien sûr, sur tout ce qu'elle racontait, notamment en politique. Mais elle lui démontrait qu'il existait de tout côté des horizons qu'il ne soupçonnait pas. Et qu'il était trop tard sans doute pour les aborder.

Elle fut remarquable en consolatrice. Avait-il donc peur, cet homme, de mourir ? Qui avait peur de mourir dans les prisons parisiennes ?

Elle citait des noms, fournissait des exemples.

« Ecoute ce que vient d'écrire Alexandre de Beauharnais à sa femme Joséphine : « Je regrette de me séparer d'une patrie que j'aime, pour laquelle j'aurais pu donner mille fois ma vie et que non seulement je ne pourrai plus servir, mais qui me verra échapper de son sein en me supposant un mauvais citoyen. »

Et plus loin ceci : « Le travail d'égalité et de liberté que je chéris entre tout doit être ajourné, car, dans les orages révolutionnaires, un grand peuple qui combat pour pulvériser ses fers doit s'environner d'une juste méfiance et plus craindre d'oublier un coupable que de frapper un innocent... »

Tu entends, Claude ? Plus craindre d'oublier un coupable que de frapper un innocent... »

Elle venait d'avoir vingt et un ans. Mais à dire vrai, elle n'avait pas d'âge. Elle était la jeune fille fragile de quinze ans, amoureuse de son frère, et aussi la révolutionnaire convaincue et endurcie. Elle écoutait Claude, Madame de Mirmont, prenait en considération leurs points de vue, mais elle s'adressait à eux surtout, comme si elle était l'aînée, comme si elle était sage. Et quand Claude faiblissait, refusait son sort, elle plaisantait. Ne pouvait-il pas lui faire confiance comme à Mirmont, lorsqu'elle lui confiait un rôle dans une de ses pièces ?

« Accepte de jouer ton rôle jusqu'au bout, Claude. C'est la seule liberté que nous laisse notre destin. »

Elle avait gagné sa paix et peut-être celle des autres. Cela n'était pas rien.

*

Dans sa prison, aux premiers jours de thermidor, elle put recevoir la visite des seuls amis auxquels elle tenait vraiment, les menuisiers de la rue des Lombards et leur petit garçon.

« Et Mélanie ? demanda-t-elle.

– Elle a pu s'échapper et tient absolument à vous revoir. Mais nous l'avons empêchée de venir ici, où elle serait fatalement reconnue. »

Une question leur brûlait les lèvres, mais ils hésitaient à la poser. Ils s'y risquèrent enfin :

« Est-ce vrai que vous êtes une ci-devant ?

– Je l'étais. Dans un autre monde. Il ne faut pas m'en vouloir. Ça ne m'empêche pas de vous aimer. »

Elle recommençait patiemment, dans l'ombre, un nouveau plan d'évasion avec quelques jeunes prisonniers, lorsqu'elle reçut l'ordre de comparaître devant le Tribunal Révolutionnaire.

« Déjà ?, dit-elle. Je croyais avoir encore un peu de temps. »

Elle s'était habituée, comme tant d'autres, à sa prison. Elle y avait organisé sa vie, choisi ses relations.

Elle y avait retrouvé un duc de Montgêtre abasourdi par son changement d'existence et qui s'était mis, par habitude, à comploter en vue d'une restauration.

« Tiens, dit-elle un matin, en le rencontrant loin de sa cellule, vous ne me surveillez plus ?

– Ici, Ourika, c'est inutile. Je ne recommencerai que lorsque nous serons libres. »

Quand elle reçut sa convocation, elle songea que Philippe ne la surveillerait plus qu'en enfer.

217

On vint la chercher pour la conduire à la Conciergerie. Claude et Madame de Mirmont y avaient été conduits la veille. L'enquête sur la conspiration d'Ourika ayant été déclarée close, il fallait en finir au plus vite avec tous ceux qui y avaient été mêlés.

La Conciergerie était, sur le quai de L'Horloge, comme l'antichambre de la mort. Elle voyait défiler, dans ses corridors et ses cachots humides, tous les détenus des prisons de Paris qui venaient y être sommairement jugés.

Ourika n'avait plus, depuis longtemps, d'illusion sur le sort qui l'attendait. Mais elle était décidée, jusqu'au bout, à *paraître*. Une jeune prisonnière du Port-Libre, qui s'était attachée à elle, lui avait, au moment où on l'embarquait vers la Conciergerie, glissé un petit paquet contenant un caraco bleu et rouge, dont l'élégance la ravit. Nombreuses étaient les détenues qui conservaient ainsi un vêtement coquet pour leur dernier voyage.

A la Conciergerie, après les formalités du greffe et plusieurs heures d'attente, Ourika fut enfermée dans un cachot sans lumière où elle distingua des formes humaines allongées sur de la paille. Mais le lendemain on lui fournit un lit de sangle dans une salle assez vaste contenant une vingtaine de couchettes séparées par des cloisons en planche.

Pendant l'appel des prisonniers, dans la cour, elle

fut heureuse d'entendre plusieurs fois le nom de Mirmont. Ils étaient donc vivants. Plus tard, elle réussit à se rapprocher de la marquise dont la pâleur et la fatigue étaient impressionnantes.

Ici, les hommes et les femmes étaient gardés dans des quartiers différents. Mais une grille seule les séparait. Et ses barreaux n'étaient pas assez rapprochés pour empêcher les mains et les bouches de s'unir. Il arrivait même qu'un geôlier corrompu ou compatissant consentît à ce qu'un prisonnier passât dans la cour, puis dans le corridor des femmes. On citait l'exemple d'une citoyenne de quarante ans et de son amant, officier dans l'armée du Nord, qui réussirent à passer la nuit ensemble et qui ne s'arrachèrent à leur dernière étreinte que pour monter sur la charrette qui allait les conduire à l'échafaud.

On était fin juillet et la chaleur était abominable.

Ourika et Madame de Mirmont, qui étaient parvenues à s'entretenir avec Claude à travers la fameuse grille, apprirent de lui, un soir, qu'il serait appelé en jugement le lendemain matin.

Il mourrait donc avant elles.

Elles ne devaient d'ailleurs jamais le revoir puisque, après sa condamnation, il dut être enfermé dans une cellule spéciale d'où on le tira, quelques heures plus tard, pour le conduire à la guillotine.

Il avait pu simplement griffonner, à l'intention de sa mère et de sa sœur, un mot de lettre que voulut bien leur remettre un gardien.

Il leur demandait pardon. Il leur parlait des mille

regrets qu'il éprouvait. Il leur souhaitait passionnément de survivre. Lui allait enfin retrouver Marie et son innocence. Il avait mérité ce qui lui advenait.

*

Cette lettre affermit encore le courage d'Ourika. Comment serait-elle moins stoïque que le pauvre Claude ? Quant à Madame de Mirmont, elle se trouvait au-delà du courage, dans une région où les mots tels que celui-là n'ont plus aucune signification.

Quand Ourika fut convoquée par les juges du Tribunal Révolutionnaire, qui siégeaient dans des salles attenantes à la Conciergerie, dites "de la Liberté" ou "de l'Egalité", elle ne fut ni surprise ni effrayée. Elle s'était soigneusement préparée à cette dernière séance, comme si celle-ci pouvait présenter encore quelque intérêt.

Pour elle-même et pour ce que Mélanie appelait en riant sa "foutue fierté" ? Peut-être. Mais aussi par une sorte de déférence pour le semblant de justice qui lui était accordé. Par respect des choses telles qu'elles doivent être faites, qui lui venait de son éducation sans doute, mais plus encore, pensait-elle, de son origine obscure et de l'ordre mystérieux qu'elle représentait. « Je trahirais quelque part les miens, que je ne connais pas, si je ne me défendais pas jusqu'au bout », se disait-elle en caressant le bracelet en poil d'éléphant qui ne l'avait jamais quittée.

A sa robe bleue et rouge qui la moulait et laissait

220

deviner la plénitude racée de ses formes, elle avait ajouté, par bravade et par conviction, une écharpe blanche. Et ce qu'elle avait en tête en pénétrant dans la salle haute où l'attendaient le président Herman, l'accusateur Fouquier-Tinville, leurs assesseurs et les jurés, c'est si finalement un chevalier français, qu'elle n'avait jamais rencontré, avait eu tort ou raison de l'arracher à la mort ou à l'esclavage, il y avait tout juste vingt et un ans.

« Oui, il a eu raison, et je l'en remercie », prononça-t-elle à voix haute en s'asseyant sur la chaise qu'on lui tendait.

Derrière la barrière qui les séparait du tribunal, des spectateurs ébahis se poussaient du coude en contemplant cette fille superbe et noire que rien ne semblait émouvoir.

« Tu plaides coupable, citoyenne ?, demanda le président.

– Coupable de quoi, citoyen ? » interrogea-t-elle.

L'accusateur donna lecture, très vite, maladroitement, avec des gestes ampoulés et une voix nasillarde, d'un acte d'accusation étrange, baroque et qui eût prêté à rire à d'autres moments.

On y parlait de "négresse corrompue et licencieuse", d' "ingratitude aristocratique et raciale", de "menées contre-révolutionnaires plus graves d'être le fait d'une soi-disant Jacobine et d'une négresse libérée de ses fers", d'"une conspiration puérile et démoniaque, digne d'une imagination primitive", etc.

Elle sourit à maintes reprises aux naïvetés et aux

inadvertances de ce texte, bâclé sans doute par quelque fonctionnaire ignorant et dont elle avait peine à croire qu'on pût le prendre au sérieux.

Après un court résumé de l'affaire par le président, qui n'en disait guère davantage, la question fut posée à Ourika :

« As-tu quelque chose à ajouter ? »

Elle répondit sans se troubler :

« C'est à reprendre mot après mot ce document sans queue ni tête qu'il conviendrait de passer le temps, citoyen président, si vous aviez en vue de rechercher la vérité. Mais la vérité vous intéresse-t-elle ?

– La vérité, citoyenne, n'est bonne que si elle sert la révolution. Elle ne peut être revendiquée par les ennemis du peuple. »

Il n'y avait point de réplique à cela. Et Ourika le savait. *Et dans une certaine mesure elle en était d'accord.*

« Le tout, dit-elle cependant, est de savoir qui le peuple a pour ennemis. Et cela on ne le saurait vraiment que si on songeait à le lui demander.

– Ce sont des mots, prononça le président. Et nous en sommes venus au point où nous n'avons plus besoin de mots. »

Le jury se retira alors pendant que l'accusée était conduite dans une chambre voisine. Quand on la rappela, les jeux étaient faits. Avait-elle quelque chose à ajouter ? Non.

« Nous te condamnons donc, citoyenne Ourika ci-devant de Mirmont, à avoir la tête tranchée, pour

222

avoir caché pendant plusieurs années, à l'aide de faux papiers, tes origines aristocratiques et pour avoir mis au point et exécuté un complot destiné à soustraire à la justice tes amis contre-révolutionnaires et suppôts de la tyrannie. »

Ourika regarda ses juges, stupéfaite. Ils avaient raison ! Elle avait fait cela. Et la logique révolutionnaire était telle qu'à leur place elle aurait agi de la même façon.

Elle comprit alors en une fraction de seconde pourquoi cette Terreur avait si bien fonctionné. C'est que, contrairement à ce qu'on ne manquerait pas de dire après elle, elle n'avait condamné que des coupables, qui, au fond d'eux-mêmes, se reconnaissaient comme tels.

Le roi et la reine, coupables bien sûr. Hébert et Danton, coupables, c'était évident. Les Girondins, coupables de flottement, de faux idéalisme et d'abandon des intérêts populaires. Alphonse, coupable comme les Girondins. Claude, coupable cent fois. Et Marie elle-même, coupable de stupidité, d'insignifiance, d'inutilité, coupable d'innocence !

Ourika enfin, coupable, coupable, avec sa sensibilité déplacée, son intellectualisme équivoque, son éducation paralysante.

Ils étaient tous coupables, et ils le savaient. Cette révolution était si dure et si pure qu'elle rendait tous les hommes coupables. Comme chargés d'un péché originel à l'égard du dieu Révolution.

On la ramena dans la prison, pleine de ces

pensées presque rassurantes. Elle en était presque venue à considérer que son cas n'était pas particulièrement important. Elle se surprit à sourire en retrouvant ces murs abjects où des femmes courageuses parvenaient à donner le change en s'habillant, en se parfumant, en plaisantant.

Comme pour être dignes de leur mort.

*

Cette espèce d'exaltation altruiste ne résista pas à une nuit d'insomnie. Elle avait tenu bon, Ourika, face à ses juges et dans ses rapports avec ceux qu'elle aimait. Elle avait donné d'elle l'image qu'elle désirait laisser, celle de la dignité. Puisqu'on refusait aux femmes et à la race noire le traitement et les droits des autres êtres humains, son seul recours était de forcer le respect par son comportement individuel. Au moins elle n'aurait rien à se reprocher. Et elle savait que ni dans la charrette qui la conduirait au supplice ni sur l'échafaud elle ne faiblirait davantage. On dirait certainement d'elle qu'elle avait su mourir.

Mais seule dans sa cellule, durant cette dernière nuit, c'est le vaste appétit de la vie qui, en inondant ses veines et en empoignant son cœur, la jeta, pantelante, sur son grabat. Elle se redressa à plusieurs reprises et, se mettant nue, fit jouer longuement ses muscles avant d'esquisser une danse sauvage, mystérieuse, qui lui semblait déposée en elle depuis le fond des temps. De sa petite enfance à sa mort, se disait-elle, et par dessus les épisodes accessoires de son existence, elle était demeurée fondamentalement la même, comme un animal soumis aux seules objurgations de l'instinct.

Puis, la conscience de l'irréparable lui revenant et le sentiment d'un énorme et stupide gâchis, elle s'écroulait, ivre de fureur impuissante, inondée de larmes brûlantes qu'elle laissait couler sans retenue. « Je suis une bête prisonnière, songeait-elle. Rien qu'une bête au fond d'un trou. »

Elle eut envie de caresser son corps une dernière fois. Ce corps désormais inutilisable et dont il lui semblait, à ce moment, qu'elle ne l'avait pas livré suffisamment, à cause de préjugés ridicules, aux fonctions naturelles et foisonnantes de la chair. Furieuse et désespérée, arc-boutée et gémissante, ne plus jamais faire l'amour lui paraissait le comble de l'absurdité. Elle assistait à sa mort avec les forces entières de sa vie.

Et, dans les courts instants où le sommeil l'emportait, d'étranges cauchemars passaient et repassaient comme des nuages, qui lui découvraient Alphonse, Claude, Guillaume ou Mélanie, hilares et levant vers elle des verres remplis de sang, tandis que, de son bâteau qui s'éloignait, elle les contemplait, muette, impuissante, enchaînée.

D'autres images, éclatantes de soleil, de vagues et de fleurs, racontaient des pays qui étaient les siens et qui se rappelaient à elle qui ne les connaîtrait jamais.

Que cette nuit fut longue à mourir ! Elle sut enfin par la clarté blafarde d'une mince ouverture que le jour

225

se levait. Et tous les miasmes de la nuit brusquement expulsés, elle se retrouva bizarrement lavée de ses regrets, de ses fantasmes et de ses terreurs, prête à répondre à son destin. Elle fit d'un broc d'eau déposé dans un coin une toilette minutieuse et attentive. Elle revêtit la robe qu'elle devait à l'amitié. Et elle se tint disposée pour qui viendrait la prendre.

Mais le temps passait et elle n'entendait aucun bruit.

Vers midi, comme rien ne venait, c'est elle qui s'impatienta. Elle tambourina contre la porte, appela, en vain.

La journée s'écoula ainsi. Dans un absurde silence. Ourika avait faim, mais nul ne songeait à lui apporter de quoi manger. Pourquoi ? Et si son exécution était retardée, pourquoi ne la renseignait-on pas ?

C'est le lendemain seulement après une nuit plus calme, alors qu'Ourika se demandait si la révolution n'en était pas arrivée à laisser mourir de faim ses condamnés dans leur cachot, qu'ayant entendu du bruit au dehors, elle frappa et cria si fort que des pas se rapprochèrent et qu'elle put, à travers un vasistas, demander ce qui se passait.

« T'en fais pas, citoyenne, entendit-elle, on va venir ! »

Elle attendit encore, surprise par le ton de cette voix.

Imperceptiblement vivante, tout à coup.

On lui ouvrit enfin. Et ça n'étaient pas ses

geôliers habituels. Mais des gardes inconnus qui la regardaient en riant.

« On t'avait oubliée, citoyenne, dit l'un d'eux. Mais maintenant tu n'as plus rien à redouter. »

*

Pendant qu'Ourika passait en jugement et attendait son exécution, les 9 et 10 thermidor, Robespierre et ses amis jacobins avaient livré et perdu leur dernière bataille. Ils avaient cru pourtant toucher au port, mais sans doute leur chute était-elle inscrite dans la fatalité de l'histoire. Lassitude générale de la Terreur, désaffection des masses populaires, opposition des conventionnels qui se sentaient menacés, intransigeance de Robespierre se refusant à toute concession : la crise se dénoua aussi vite qu'elle s'était nouée. Le 9 thermidor, dans un effrayant tumulte, l'Incorruptible fut décrété d'arrestation, puis mis hors la loi. Le 10, après une vaine tentative d'insurrection de la Commune, il fut guillotiné, avec Couthon, Saint-Just et dix-neuf de ses partisans, sans jugement. C'en était fini de ce que Marat avait, superbement, appelé le "despotisme de la liberté".

Jusqu'au 9 thermidor cependant on avait encore guillotiné à Paris. La dernière file de charrettes avait été arrêtée par la foule, tandis que la rumeur de la chute de Robespierre s'enflait déjà dans la rue. On avait parlé de suspendre les exécutions. Mais le général en chef de la garde, Hanriot, survint et donna l'ordre de procéder coûte que coûte aux mises à mort. Parmi ces dernières victimes de la Terreur figurait notamment la princesse Caroline de Monaco.

Ourika apprit tout cela, par bribes, des autres détenus. Elle avait retrouvé Madame de Mirmont et avait pleuré longuement, violemment, dans ses bras. La marquise avait reçu son appel à comparaître le 10, quand le Tribunal Révolutionnaire n'existait déjà plus !

Il fallut encore plusieurs jours pour que fussent libérés les condamnés de la Terreur. Ils se passèrent en formalités, en allées et venues, en mille incidents émouvants ou incongrus. Ressusciter ne va pas de soi. C'est un tas de choses à réapprendre et à réensemencer.

Le parfum de la mort ne s'était pas du reste entièrement dissipé. On marchait vers la vie, mais à pas comptés et en évitant de trop faire d'esclandre. On se regardait. On se souriait. Mais on ne triomphait guère. Comme s'il était imprudent ou impudique de se comporter comme avant.

Ourika établissait ses comptes de vie comme dans un nuage. Elle osait à peine penser. Et encore moins bâtir des projets. Il fallait d'abord sortir de l'enfer. Ensuite, on verrait.

Elles sortirent ensemble, main dans la main, la mère et la fille, par une éclatante matinée d'août parisien. La ville semblait dormir, comme si elle avait quelque chose à se faire pardonner.

Mélanie était là, fidèle, la tête enserrée dans un fichu. Elle savait tout des aventures d'Ourika. Elle avait mille projets en tête. La passivité de la jeune

Noire l'étonna.

« Laisse-moi le temps de reprendre haleine, dit Ourika. Retrouvons-nous demain, si tu veux. »

Elle allait la quitter pour suivre la marquise dans un hôtel de la Cité, lorsqu'elle aperçut, de l'autre côté de la rue, dans un renfoncement, une silhouette familière.

Philippe de Montgêtre, éternellement !

Elle accourut vers lui et, à l'étonnement de tous, l'embrassa sur les deux joues.

« Comme vous m'avez bien conservée, Philippe ! Voulez-vous être toujours mon ange gardien ? »

Il semblait embarrassé par la lumière, par la liberté, par la jeune femme.

« Ourika, dit-il tout à coup et comme s'il prenait son élan, je ne vous ai pas surveillée seulement parce qu'on me l'avait ordonné. Mais parce que j'y prenais plaisir. »

Elle rit, pour la première fois depuis de longs jours.

« Vous n'allez tout de même pas me dire que vous m'êtes plus attaché qu'à votre roi ? »

Il se rembrunit et prit ses distances. Il n'entendait pas qu'on plaisantât sur ce sujet-là.

« Pardonnez-moi, dit-elle. Désormais vous allez pouvoir attendre un nouveau souverain tout à loisir. »

Il inclina la tête. Il redevenait duc. Il reprenait son rang.

« Où donc pourrais-je vous revoir, s'il m'en prenait envie ? demanda-t-il.

– Au château de Mirmont, sans doute, où je serai peut-être bien châtelaine. Vous y serez mon invité, Philippe. A condition que vous me juriez de n'y pas comploter. »

Il prit la main d'Ourika qu'il baisa doucement.

Il n'était pas rasé, son habit tombait en lambeaux, il avait tout l'air d'un gueux. Mais son âme éclairait la scène et c'était à nouveau l'âme d'un gentilhomme.

*

Il avait plu à Ourika de se déclarer châtelaine. Ça ne tenait qu'à elle en effet.

La marquise lui en avait vaguement parlé à la Conciergerie. Le soir de leur sortie, elle fut plus directe.

« Ecoute, Ourika, ne revenons jamais sur le passé. Je n'ai plus que toi au monde et je ne ferai pas de vieux os. J'ai eu peur jusqu'à ce jour de perdre mes terres. Un décret de février dernier avait décidé de confisquer, au profit de la République, les biens des suspects. Mais je viens de me renseigner. Il n'a pas été appliqué et ne le sera jamais. Veux-tu être mon héritière pleine et entière ? »

Ourika dit oui, sans réfléchir. Seuls, pour le moment, comptaient pour elle le départ, le refuge à la campagne, le repos. Seul comptait l'oubli.

Elles s'en iraient donc dès le lendemain. Et, avant de partir, Ourika alla embrasser ses amis menuisiers, qui lui firent fête. Elle leur fit part de ses projets. Ils voulurent lui rendre son journal.

« Non, dit-elle instinctivement, gardez-le encore. Je n'ai pas le goût de m'y replonger. »

Le lendemain, avant de retrouver la marquise, elle passa avec Mélanie un long moment.

« Qu'as-tu fait depuis notre expédition manquée ?

– J'ai vécu, comme dit l'autre ! J'ai évité de me faire pincer. Mais on m'avait, paraît-il, à peine aperçue devant la prison. Seule, ma toison carotte parlait contre moi. Tu as vu ce que j'en ai fait ? »

Elle arracha son fichu. Ses cheveux étaient coupés et teints. Ça n'était plus tout à fait Mélanie.

« Quand nous nous reverrons, dit-elle, je serai à nouveau flamboyante, rassure-toi. Et même bien plus tôt ! »

C'était un reproche caché. Mélanie n'osait pas attaquer de front la volonté d'Ourika de retourner à Mirmont. Elle connaissait l'entêtement de son amie : pire que le sien ! Elle procéda donc par sous-entendus.

« Que tu vas être heureuse là-bas, chérie, et que je t'envie ! Tous ces champs, toutes ces bêtes, tout ce luxe. Et ces domestiques pour te servir... »

Tout ce qu'elle détestait, Mélanie !

Ourika fit comme si elle n'avait pas entendu.

« Mélanie, dit-elle, que nous a apporté la Révolution ?

– Beaucoup de merde, dit Mélanie.

– Et quoi encore ?

– De quoi nous démanger toute notre vie ! »

Ça ne suffisait pas à Ourika. Elle demanda

encore :

« Mélanie, sommes-nous plus fortes qu'avant ?

– Pas plus fraîches en tout cas ! Plus fortes ? On ne le dirait pas à te voir. Est-ce qu'ils auraient réussi par hasard à guillotiner ton âme ?

– Laisse-moi un peu de temps pour récupérer.

– Récupérer quoi, tes moutons ? »

Ourika, piquée, regarda son amie dans les yeux et ce fut Mélanie qui craqua.

« Pardonne-moi, poulette. J'avais pas rêvé que tu t'en tires pour que je te perde en même temps. »

On changea de sujet. Ourika avait, avant de partir, besoin de savoir où en était Mélanie de ses opinions, de ses intentions.

« Oui ou non, as-tu appris quelque chose depuis 89 ? Et que comptes-tu en faire ? »

Elle eut un grand geste d'impuissance et d'ironie.

« J'ai appris... j'ai appris que nos chimères étaient capables de prendre corps, par mégarde. J'ai appris que les paumés pouvaient avoir leurs raisons et les songe-creux leurs cathédrales. J'ai appris, tiens, qu'on était pas fatalement condamné le jour de sa naissance.

– Tu continueras donc ?

– Qui le sait ? Tu n'imagines tout de même pas qu'on va laisser croire à ceux qui ont liquidé la Terreur qu'ils ont bousillé la Révolution ? »

Cela, c'était un hommage indirect rendu aux intuitions et aux analyses d'Ourika. Mélanie avait déjà compris que, si on devait se réjouir de thermidor, ce serait pour ses amis sans-culottes, une victoire de dupes et peut-être une médecine pire que la maladie.

« Il va falloir ouvrir les yeux, petite ! On croit avoir gagné sous prétexte qu'on est vivant. Et on s'aperçoit qu'il demeure des saloperies qui vous font regretter la mort. »

Elle n'avait jamais parlé aussi dramatiquement. Pour se faire pardonner, elle retrouva sa gouaille.

« Allez, file, maintenant. A chacun sa vie ! Moi, c'est les embrouilles et c'est ici. »

Ourika savait que Madame de Mirmont l'attendait. Elle se sentait un peu lâche, mais si lasse...

Elle embrassa son amie qui se taisait.

En lui disant adieu, elle dut constater que les yeux de Mélanie étaient brouillés de larmes.

*

Ourika s'était jetée dans ce retour à Mirmont comme dans une autre libération. Le passé récent lui pesait tellement qu'elle n'avait qu'un désir : lui tourner le dos. Et puis la marquise avait terriblement besoin d'elle et elle ne se sentait pas le courage de lui refuser son soutien. Afin de refermer près d'elle une longue parenthèse remplie de souffrances et de deuils.

Les deux femmes montèrent donc ensemble, vingt-quatre heures à peine après leur délivrance, dans une berline de louage que la marquise avait retenue.

Il y aurait trois jours entiers de voyage. Il était inutile de brûler les étapes.

Ces trois jours furent importants pour Ourika, car

233

ils lui permirent de se retrouver. Avec la marquise fatiguée, souvent endormie ou feignant de l'être, elle parlait peu, ou pour ne rien dire. Mais elle mettait de l'ordre en elle-même. Elle s'observait tranquillement. Et ce fut comme si ce voyage avait duré une éternité.

L'obsession principale qui était en elle, au cours des premières lieues, et qui la taraudait, était l'impression confuse, contradictoire, déchirante, que lui laissait cette grande révolution inachevée. Tout le bruit qu'elle avait fait, toutes les existences qu'elle avait bouleversées, tout le sang qu'elle avait répandu, tout cela servirait-il à quelque chose ?

Et ceux qui, dans le peuple notamment, avaient osé cet ébranlement bénéficieraient-ils des secousses qu'ils avaient provoquées ?

L'engrenage qui avait brisé Robespierre et les siens était certes inexorable, car le système dans lequel ils s'étaient obstinés renfermait trop de cruauté et d'utopie pour résister au temps. Mais par quoi allait être remplacé le règne terroriste de la vertu ? Ne se dirigeait-on pas vers une réaction qui enterrerait pêle-mêle les acquis et les outrances de la Révolution ? A commencer par cette jeune République, si belle, mais si vulnérable et que ses ennemis scrutaient déjà avec un couteau entre les dents.

Ourika, ensommeillée, à demi-consciente, ne parvenait pas, parmi les cahots de la voiture et les longues plages de silence ponctuées par le martèlement des chevaux, à choisir entre tout ce qu'elle avait observé, éprouvé d'exaltant et de rédempteur dans le combat révolutionnaire et les excès auxquels il avait donné lieu. Que dirait-elle au petit Henri par exemple quand il l'interrogerait, un jour, en toute confiance ? Rien ne lui paraissait aller de soi ni se détacher clairement dans des événements dont les apôtres étaient aussi des bourreaux.

Et puis, en avançant sur les chemins, elle en vint à cette idée – qu'elle se mit à tourner et à retourner – que ce que *représentaient* ces hommes était plus important que ce qu'ils *avaient fait* et que la Révolution était sans doute bien plus grande que ceux qui l'avaient conduite et animée.

« Il me semble, songeait-elle, que les Français mêlés à l'action révolutionnaire ont été, pendant ces années exceptionnelles, projetés hors d'eux-mêmes, comme s'ils s'appartenaient moins qu'ils n'appartenaient à la Révolution. Comme s'ils étaient des instruments au service d'une cause irrésistible. Des intruments plutôt que des créateurs.

C'était peut-être, pensait-elle, cette espèce de fatalité qui expliquait pourquoi leurs victimes réagissaient si mal. Comme si elles se sentaient condamnées par quelque chose qui dépassait leurs juges, par une sorte de justice basique à laquelle nul ne pouvait échapper.

Comment expliquerai-je plus tard que moi, par exemple, je ne me sois pas débattue et justifiée davantage ? A qui ferai-je croire que j'aie pu me résigner ? »

Elle en arrivait, Ourika, qu'une voiture emportait

loin de Paris, à rendre compte de l'immense décalage qu'elle ressentait entre la grandeur des événements qu'elle venait de vivre et la médiocrité des acteurs qui y avaient participé par l'existence d'une force surnaturelle, d'une puissance incontrôlable et explosive, d'une destinée à usage national.

« Et pourtant, songeait-elle un peu plus tard, tandis que la douceur de l'Ile-de-France faisait place à des paysages plus tourmentés, et pourtant sans ces hommes et sans ces femmes qui payèrent souvent de leur sang leurs sacrifices ou leurs colères, rien ne serait arrivé. S'ils ne s'étaient comportés qu'en agents machinaux d'une volonté extérieure, auraient-ils éprouvé ce bonheur d'agir et cet enrichissement indubitable ? Chacun de nous aujourd'hui ne se sent-il pas plus soi-même, moins ressemblant à son voisin qu'avant 1789 ?

Et ce qui reste de cette tourmente inouïe dont plusieurs siècles ne suffiront pas à épuiser les richesses ne repose-t-il pas désormais, plus à l'abri que dans n'importe quel caveau, dans la conscience même de l'humanité ? »

Ainsi vagabondaient les pensées d'Ourika sur les routes et dans les hostelleries de France.

Et, à mesure qu'elle allait de l'avant, on eût dit qu'elle s'éclairait, qu'elle se rassurait, qu'elle se fortifiait.

Les événements auxquels elle avait été mêlée étaient à la fois si proches, si éclatants et si complexes qu'elle se disait qu'elle n'aurait pas assez de toute sa vie pour les démêler et les comprendre.

Et à d'autres moments elle n'avait qu'un désir : les oublier.

Jusqu'à l'approche du Morvan, Ourika parvint à ne pas songer à ce qu'elle allait elle-même devenir. Eclairer ses impressions, affermir ses opinions lui semblaient beaucoup plus urgents qu'évoquer sa propre existence. Elle vivait, et le poids jusqu'ici de cette constatation lui tenait lieu de tout.

Mais cela tout à coup ne lui suffit plus.

Vivre , sans doute, mais comment, où, avec qui et pour quelle espérance ?

Le château, lui avait-on affirmé, lui était ouvert. Et jamais plus elle ne s'y sentirait étrangère. Ses droits seraient régularisés, maintenant que ses deux "frères" n'étaient plus. Elle serait donc chez elle à Mirmont. Chez elle à Mirmont. Chez elle. Chez elle. A Mirmont.

C'est ce que chantait le galop des chevaux.

« Et Guillaume ? » était même allée jusqu'à prononcer la marquise.

C'était vrai, Guillaume ! Il devait l'attendre. Cette fois il ne serait pas chassé du château, bien au contraire. Douce revanche. Un berger, désormais, ça épousait une châtelaine.

Trop beau, trop tendre, tout cela ? Pourquoi ? N'avaient-ils pas assez payé ?

Vous voyez bien que la révolution a servi à quelque chose.

Elle a réglé le problème Ourika.

Voici que la fille adoptive de la marquise revient

237

à l'endroit d'où elle était partie, rejetée par la morgue et l'arrogance. Elle revient avec sa vieille mère, la marquise, l'une soutenant l'autre, comme un tableau de Greuze. La jeune Noire et la vieille aristocrate. Emouvante allégorie. Incroyable retour de bâton. Sentiment de justice exacerbé.

Pourquoi, dans ces conditions, en se levant, le dernier jour, pour parcourir les dernières lieues, Ourika s'est-elle remémoré une phrase tirée d'un discours de Saint-Just prononcé en 1792 ?

« Notre liberté aura passé comme un orage et son triomphe comme un coup de tonnerre. »

Parce que la foudre l'a réveillée cette nuit ?

Ou pour une autre raison plus mystérieuse ?

« Notre liberté aura passé comme un orage... »

Voici cependant que ces champs, ces forêts, ces sentiers, ces haies, ces hameaux qu'elle traverse, Ourika, brusquement, les reconnaît.

Ils existaient en elle.

Et maintenant ils sont là, vivants.

Madame de Mirmont appuie légèrement sa main contre la sienne.

Des oiseaux s'égosillent dans les taillis.

C'est la paix, Ourika, c'est la paix.

*

Tout s'est passé très vite.

La voiture est entrée dans la cour, s'est immobilisée devant le perron.

238

Deux vieux domestiques sont sortis, se sont approchés. Ils n'en croient pas leurs yeux. Madame la marquise ! Ils sont tombés à genoux.

Elle est descendue de la berline, la vieille marquise, et, avant de monter les marches, elle a appelé Ourika.

Mais celle-ci a prononcé :

« Avancez-vous. J'irai vous rejoindre. »

Elle a laissé sa mère pénétrer dans le château. Elle est sortie de la voiture, frappée par les marques de soumission, de dévotion qu'elle vient d'observer et qu'elle avait oubliées. Elle a regardé autour d'elle. Et quelque chose là-bas, près de la porte de l'écurie, a attiré son attention. Comme une tache dans tout ce soleil. Un harnachement complet en cuir roux, qui lui a rappelé un souvenir.

Elle a fait signe à une servante et lui a demandé si elle savait à qui il appartenait.

« Bien sûr, mademoiselle, a-t-elle répondu, triomphante. A Monsieur Louis-Joseph ! Il est revenu vivant. Il est ici depuis hier... »

Ourika a hésité un moment encore.

Elle a regardé les vieilles pierres, écouté les bruits étouffés du château, admiré le ciel pur par dessus des tourelles et deviné, très loin, au-delà du parc, les grand arbres parmi lesquels Guillaume doit attendre son signal.

Elle a apprécié ce calme, cette plénitude, cette beauté.

Puis subitement, comme la voiture qui l'a

conduite ici va tourner bride, elle s'est dirigée vers le cocher et lui a demandé où il allait.

« A Paris, citoyenne, et plus vite que pour venir ! Je compte bien arriver à la barrière demain soir. »

Alors Ourika n'a plus hésité.

« Tu me donnes trois minutes, et je repars avec toi. »

Elle a cherché de quoi écrire, n'a pas trouvé et a rappelé la même servante pour lui dire :

« Tu préviendras de ma part Madame la marquise que j'ai repris la voiture qui nous avait amenées et que j'ai regagné Paris. Et que je lui écrirai en arrivant. Simplement. Elle comprendra. »

Comme délivrée, Ourika a repris sa place au fond de la berline, a dit un mot au cocher, a effleuré le bracelet noir qu'elle porte au bras, puis a fermé les yeux.

La marquise devait n'en pas finir de retrouver son petit-fils. Elle ne s'est douté de rien.

« Je n'ai pas, songeait Ourika, échappé à la Terreur pour échapper à la vie. »

Postface

Ce roman n'est pas entièrement original. Il emprunte son point de départ et certains des épisodes de sa première partie à une nouvelle, intitulée *Ourika* et publiée en 1824 par la duchesse Claire de Duras.

Cette nouvelle, longtemps tombée dans l'oubli (malgré une réédition en 1950 à la librairie Stock[2]) connut une grande faveur non seulement au moment où elle parut, mais pendant une bonne partie du XIX° siècle. Traduite en espagnol, adaptée à la scène, inspiratrice de tableaux, de sculptures, de chansons, cette "Atala de salon" fut considérée comme un petit chef d'œuvre de justesse et de sensibilité par des

2 Aujourd'hui disponible chez plusieurs éditeurs : CreateSpace Independent Publishing Platform, Folioplus classiques, Garnier-Flammarion, Bleu autour, FB éditions...

hommes tels que Goethe et Sainte-Beuve. "En une littérature moins encombrée, écrivit ce dernier, elle aurait certitude d'être immortelle."

Son auteur, Madame de Duras, née à Brest en 1777, était la fille du comte Armand de Kersaint, officier de marine libéral, auteur en 1789 d'un ouvrage condamnant les privilèges aristocratiques. Elu député à l'Assemblée Législative, puis à la Convention, il siégea sur les bancs de la Gironde. Il était vice-amiral en 1793 quand l'exécution de Louis XVI, qu'il n'approuvait pas, le poussa à démissionner. Arrêté comme suspect et enfermé à l'Abbaye, il périt sur l'échafaud.

Sa fille avait seize ans quand il mourut. Elle suivit sa mère, qui était créole, en exil à la Martinique et aux Etats-Unis. Devenue totalement orpheline, elle épousa en Angleterre Amédée de Durfort, duc de Duras, héritier d'un des plus grands noms de France.

Les Duras attendirent 1801 pour regagner la France et la fin de l'Empire pour s'installer complètement à Paris. Mais tandis que le duc et pair tenait un rôle éminent à la Cour de Louis XVIII, la duchesse, intelligente et indépendante, voyageait ou animait, rue de Varennes, un des salons les plus brillants de la Restauration.

Claire de Duras, dont la santé s'altéra à partir de 1820 et qui mourut à Nice en 1828, appartient aussi à l'histoire littéraire parce qu'elle fut, pendant près de vingt ans, la maîtresse, puis la confidente de Chateaubriand. "Sous les régimes successifs, écrit Jean d'Ormesson dans sa "biographie sentimentale de

Chateaubriand",[3] en face de maîtresses toujours nouvelles, la fille du conventionnel, la femme du premier gentilhomme de la chambre du roi, fut, selon le mot de Lamartine, "l'âme prodigue qui se consumait comme une lampe dans la nuit pour illuminer un nom d'homme".

*

Elle n'écrivit guère, en dehors d'une correspondance innombrable adressée à Chateaubriand, que deux nouvelles : *Ourika* et *Edouard*. Deux nouvelles qui mériteraient d'être relues par nos contemporains non seulement pour la délicatesse et l'achèvement de leur écriture, à la charnière du rationalisme philosophique et du goût romantique, mais pour l'originalité audacieuse de leur sujet.

Toutes deux dénoncent à leur manière l'injustice des mœurs cloisonnées et rigides de l'Ancien Régime.

Ourika est l'histoire d'une jeune fille noire, arrachée à l'âge de quelques mois à des négriers, confiée à une aristocrate libérale qui lui donne la meilleure éducation, mais qui se trouve brutalement à quinze ans, à l'âge où l'on mariait les filles, devant une situation sans issue. Comment, dans le milieu où elle avait grandi, aurait-elle pu trouver un homme qui consentît à épouser une négresse ? "Vous l'avez élevée pour la perdre !" affirme crûment à la mère adoptive

---

3 *Mon dernier rêve sera pour vous*, aux éditions J.C.Lattès.

d'Ourika sa meilleure amie. Et de fait, victime d'une société impitoyable, amoureuse sans espoir de son "frère" Charles, qui en épouse une autre, Ourika ne peut que se résigner à entrer dans un couvent et à y mourir, après avoir fait le récit de ses souffrances.

Edouard, l'autre nouvelle, moins originale, de Madame de Duras, raconte une histoire aux mêmes accents de tragédie. Le jeune héros ne peut pas épouser la femme qu'il aime, et qui l'aime, passionnément, parce qu'il considère que, n'étant pas noble comme elle, il contreviendrait à l'honneur en liant leurs destinées. L'étonnant est que la jeune aristocrate, elle, consentirait au mariage, quitte à désobéir à son père et à le désespérer. Mais Edouard ne veut rien entendre, s'engage parmi les combattants français de l'indépendance américaine et préfère à un déshonneur, plus terrifiant que la vie même, leur double sacrifice accompagné de leur mort.

"Je passai la nuit à réfléchir au sort d'Edouard, écrit en conclusion le porte-parole de Madame de Duras, à cette fatalité dont il était la victime, à la bizarrerie de l'ordre social, à *ce malheur indépendant des hommes et cependant créé par eux*."

*

Ourika, comme *Edouard*, sont donc des récits fondamentalement pessimistes, emportés déjà dans la spirale du désespoir chère aux héros romantiques.

Ourika, comme Edouard, est un personnage totalement passif, qui subit sa malédiction sociale et la blessure de son amour impossible sans révolte et sans illusion. « Je me sentais dépérir avec joie » déclare-t-elle en préambule à celle qui s'efforce de la tirer de sa langueur.

Madame de Duras n'avait d'ailleurs pas tiré de sa seule imagination l'histoire de sa triste héroïne. On avait un jour raconté devant elle l'anecdote réelle d'une jeune négresse, rapportée du Sénégal par le chevalier de Boufflers et confiée à la maréchale de Beauvau qui l'avait choyée et élevée. Le cas n'était pas rare, au XVIII° siècle, de fillettes de couleur enlevées ainsi à leurs parents ou à leurs bourreaux et offertes, ou vendues, à de riches familles françaises.

Dans la réalité, la jeune Noire, à seize ans, comprenant qu'elle était littéralement sans avenir, préféra mourir que lutter pour vivre. Et l'on trouve, dans les souvenirs de la maréchale de Beauvau, des lignes émouvantes, mais un peu ambiguës, sur l'enfant qui servit de modèle à Ourika.

« Sa pureté, écrivit la maréchale, ne pouvait se comparer qu'à celle des anges. Elle avait une fierté douce et modeste, une pudeur naturelle qui l'aurait préservée à jamais des inconvénients que son âge, son état, sa figure, sa couleur auraient pu faire craindre pour elle. Sa figure qui plaisait à tous ceux qui la voyaient avait pour moi un charme particulier : je ne l'ai jamais regardée sans plaisir. Ses beaux yeux, sa charmante physionomie, sa grâce, sa taille, ce maintien que la nature seule lui avait donné, sa noblesse, sa beauté, tout me charmait ; et elle m'est enlevée à seize ans...

J'ai trouvé dans son portefeuille, ajoute la maréchale, ce passage écrit de sa main : « Mon père et ma mère m'ont abandonnée, mais le Seigneur a pris pitié de moi. » »

De cette navrante, significative et véridique histoire, Claire de Duras tira donc sa nouvelle, ajoutant deux ou trois personnages, inventant quelques détails, enrichissant le tissu psychologique et prolongeant de quelques années l'agonie de son héroïne par le biais du couvent.

Ce que vous propose cette nouvelle "Ourika", c'est un autre prolongement ou, pour mieux dire, un autre aiguillage.

*

En 1789, quand Ourika a seize ans et quand elle constate l'impasse sociale où elle est engagée, commence la révolution française. C'est-à-dire pour elle une chance inimaginable. Comme une porte qui s'ouvre dans le cul-de-sac où elle est adossée.

Supposons qu'au lieu d'être cette enfant passive, amorphe, paralysée par ses attaches aristocratiques, la couleur de sa peau et sa sensibilité préromantique, elle ait conservé de son atavisme mystérieux un tempérament, une résistance, une énergie foncière qui lui permettent de réagir.

246

Pourquoi précisément ce mélange d'une culture prestigieuse et d'un instinct sous-jacent ne lui accorderait-il pas ce pouvoir d'adaptation, de révolte et de survie ?

C'est le parti-pris de ce roman, né de la nouvelle de Madame de Duras, mais qui lui échappe vite pour voler de ses propres ailes.

Déjà dans la première partie j'ai voulu, grâce à ce que nous savons de l'éducation des filles au temps des philosophes, me pencher plus attentivement sur l'enfance, les émotions et les découvertes de notre héroïne.[4]

Mais le récit ne devient totalement original qu'à partir du moment où Ourika, ayant trouvé la force de rompre avec une société qui l'emprisonne, se mêle aux événements révolutionnaires, d'une manière sans doute inconcevable pour l'imagination d'une duchesse au début du XIX° siècle, mais peut-être pas tellement invraisemblable quand on sait ce que les tumultes de 1792 et 1793 révélèrent de personnalités et de caractères.

C'est donc cette réécriture d'*Ourika* que je vous propose.

Une théorie littéraire récente affirme d'ailleurs qu'aucun écrivain n'écrit de roman ou d'essai totalement inédits, mais qu'il réécrit fatalement une

---

4   J'y ai été considérablement aidé par la remarquable étude d'Elisabeth Badinter intitulée *Emilie, Emilie, l'ambition féminine au XVIII° siècle* (Flammarion, 1983) à laquelle je me suis permis d'emprunter deux courts passages.

œuvre antérieure, consciemment ou inconsciemment !
Ourika-Révolution réexamine *Ourika*.

Peut-être un jour sera-t-elle réempruntée pour de nouvelles aventures.

Jacques Ferran

Imprimé à la demande par Lulu.com
Dépôt légal janvier 2018
Couverture : © Stocklib/Hongqi Zhang/Michael Jung

www.ingramcontent.com/pod-product-compliance
Lightning Source LLC
Chambersburg PA
CBHW070816180626
46818CB00001B/289